世界经典童话小说书系

荒岛历险记

著者／丹尼尔·笛福 等　编译／刘洋 等

吉林出版集团股份有限公司 | 全国百佳图书出版单位

图书在版编目（CIP）数据

荒岛历险记／（英）丹尼尔·笛福等著；刘洋等编译.--

长春：吉林出版集团股份有限公司，2016.12

（世界经典童话小说书系）

ISBN 978-7-5581-2105-0

Ⅰ.①荒… Ⅱ.①丹… ②刘… Ⅲ.①儿童故事－作

品集－世界 Ⅳ.①I18

中国版本图书馆CIP数据核字（2017）第065124号

荒岛历险记

HUANGDAO LIXIAN JI

著　　者　丹尼尔·笛福 等

编　　译　刘　洋 等

责任编辑　沈　航

封面设计　张　娜

开　　本　16

字　　数　50千字

印　　张　8

定　　价　18.00元

版　　次　2017年8月　第1版

印　　次　2020年10月　第4次印刷

印　　刷　三河市嵩川印刷有限公司

出　　版　吉林出版集团股份有限公司

发　　行　吉林出版集团股份有限公司

地　　址　长春市绿园区泰来街1825号

电　　话　总编办：0431-88029858

　　　　　发行部：0431-88029836

邮　　编　130011

书　　号　ISBN 978-7-5581-2105-0

前言

儿童自然单纯，本性无邪，爱默生说："儿童是永恒的弥赛亚，他降临到堕落的人间，就是为了引导人们返回天堂。"人们总是期待着保留这份童真，这份无邪本性。

每一个儿童都充满着求知的欲望，对于各种新奇的事物，都有着一种强烈的好奇心，这样在成长的过程中就不可避免地被好的或坏的事物所影响。教育的问题总是让每个父母伤透了脑筋，生怕孩子们早早地磨灭了童真，泯灭了感知美好事物的天性。童话很好地解决了这个问题，让儿童始终心存美好。

徜徉在童话的森林，沿着崎岖的小径一路向前，便会发现王子、公主、小裁缝、呆小子、灰姑娘就在我们身边，怪物、隐身帽、魔法鞋、沙精随时会让我们大吃一惊。展开想象的翅膀，心游万仞，永无岛上定然满是欢乐与自由，小家伙们随心所欲地演绎着自己的传奇。或有稚童捧着双颊，遥望星空，神游天外，幻想着未知的世界，编织着美丽的梦想。那双渴望的眸子，眨呀眨的，明亮异常，即使群星都暗淡了，它也仍会闪烁不停。

　　童心总是相通的，一篇童话，便会开启一扇心灵之窗，透过这扇窗，让稚童得以窥探森林深处的秘密。每一篇童话都会有意无意地激发稚童的想象力和感知力，让他们在那里深刻地体验潜藏其中的幸福感、喜悦感和安全感，并且让这种体验长久地驻留在孩子的内心，滋养孩子的心灵。愿这套《世界经典童话小说书系》对儿童健康成长能起到一点儿助益，这样也算是不违出版此书的初心了。

编者

2017 年 3 月 21 日

目录 MULU

巨人的花园

　　每天下午放学，孩子们总喜欢到巨人的花园里去玩耍。

　　这是一座美丽的花园，长满了绿茵茵的小草，五颜六色的鲜花随处可见。十二棵巨大的桃树，开满了粉红的花。鸟儿栖息在树枝上，唱起欢乐的歌。

　　孩子们打闹着，高声喊叫："我们多么快乐啊！"

　　一天，花园的主人巨人回来了。一进家门，他就看见了在花园中玩耍的孩子们。

　　"你们在这儿干什么？这是我的花园，不许任何人来这里玩。"巨人大声吼叫道。

看见孩子们逃开，巨人沿着花园筑起一道高高的围墙，还挂了一块告示牌——闲人莫入，违者重罚。

从此，孩子们便没有了玩耍的地方。转眼到了第二年春天，乡村开满了鲜花，处处都有小鸟在欢唱，但巨人的花园依旧是寒冬一片……由于没有孩子们，小鸟无心唱歌，花儿也忘记了绽放。一朵花儿慢慢探出头来，但一看见那块告示牌，便立即缩回头继续睡觉了。

雪和霜十分开心，雪用白色的斗篷遮住草地，霜将树木涂成了银色。他们还找来北风和冰雹同住。北风整天呼啸，把烟囱都吹倒了。冰雹整天不停地敲打着屋顶，把瓦片砸得七零八落。

巨人坐在窗前，望着外面冰天雪地的花园自言自语："春天怎么还不来呢？"

春天没有出现，夏天也不见了踪影。秋天把硕果送给千家万户，却什么也没留给巨人的花园。

就这样，巨人的花园终年都是严冬。一天清晨，巨人突然听见了一阵美妙的声音。那是一只小红雀在唱歌。这时，冰雹不再狂舞，北风也停止了呼啸，缕缕芳香透过敞开的窗户扑面而来。

"一定是春天来了！"巨人朝窗外望去。

窗外，孩子们穿过围墙上的小洞进入花园，爬到树上。树木欣喜若狂，用鲜花把自己装扮一新，挥动手臂轻轻抚摸孩子们的头。鸟儿在树枝上欢快地歌唱，花儿也纷纷露出笑脸。整座花园只有一个角落仍笼罩在寒冬之中，一个小男孩儿孤零零地站在那儿。他个头儿太矮，爬不上树，围着树转来转去。

"快爬上来呀，孩子！"树温柔地说，尽可能垂下枝条。

可是孩子还是爬不上去。

这一幕深深感动了巨人。

"我太自私了，现在才明白为什么春天不肯到这里来。我要把那可怜的孩子抱上树，然后把围墙推倒，让我的花园成为孩子们的游乐场。"巨人为自己过去的行为感到羞愧。

巨人轻轻走下楼，打开房门，走到花园里。但是，孩子们一看见巨人，吓得四散而逃，唯独那个爬不上树的小男孩儿没有跑。

巨人站在小男孩儿身后，轻轻将他抱到枝干上。大树马上长出了绿叶，鸟儿们也飞到枝头放声欢唱。小男孩儿高兴极了，搂住巨人的脖子，亲吻他的脸颊。

孩子们看到巨人并不可怕，纷纷跑回来。

"孩子们，以后这就是你们的花园了。"说完，巨人将围墙推倒了。

巨人和孩子们在美丽的花园中一起玩耍，整整玩了一天。夜幕降临，孩子们告别巨人。

"你们的小伙伴去哪儿了？就是我抱到树上的那个小男孩儿。"巨人非常喜欢那个男孩儿。

"不知道啊！"孩子们回答说。

巨人听了，心里非常难过。

从此，孩子们一放学就来花园和巨人一起玩耍，可是巨人喜欢的那个小男孩儿再也没有来过。

许多年过去了，巨人逐渐变老。现在他只能坐在一把宽大的扶手椅上，看着孩子们玩游戏。

一天清早，巨人起床后无意朝窗外看了一眼。突然，他发现花园尽头的角落里，有一棵树开满了美丽的花，而树下站着的正是他非常喜欢的那个小男孩儿。

巨人激动地跑下楼，细细打量小男孩儿，发现孩子的手心和小脚上都有钉痕。

"谁把你弄成了这个样子？告诉我。"巨人心疼地问道。

"这些都是爱的烙印。"孩子回答说。

"你到底是谁?"巨人心中生出了一种奇特的敬畏之情，一下子跪倒在小男孩儿的面前。

"你让我在你的花园里玩过一次，今天我要带你去我的花园，那就是天堂。"小男孩儿面带笑容地看着巨人。

下午放学后，孩子们跑进花园的时候，看见巨人躺在树下，已经死了，身上盖满了鲜花。

荒岛历险记

　　鲁滨逊漂流海外的传奇故事大家都听过吧！我就是鲁滨逊，想讲讲自己的历险经历，让大家了解我。1632年的一天，我出生在约克市上流社会的家庭里，外公姓鲁滨逊，在当地算是名门望族，所以我又叫鲁滨逊·克罗索。

　　我在家里排行最小，上面还有两个哥哥。可是大哥阵亡了，二哥失踪了，所以父母格外宠爱我。父亲希望我将来学法律，做个有能力、有修养的人，但我并不感兴趣，心里想的只是航海。

　　父母知道我的心思，想尽办法劝说我。偶尔我也想听他们的话，留在家乡，进入上流社会，做一个体面、幸福的人。可是，没过几天，我就把父母的话抛到九霄云外了。我已经18岁了，想出去做自己喜欢的事，想要去追求自己的梦想，这种念头一再碰撞着我那颗不安分的心灵。一年以后，我终于如愿以偿地出海了。我在街上遇到一个朋友，那个朋友告诉我，他父亲的船要去伦敦，可以带上我，而且不用付船费。我连家也没回就悄悄上了他们的船，开始了最初的航海梦想。那是我永远难忘的一天——1651年9月1日。

可不幸的是，船刚驶离港口，天就刮起大风。顿时，风吹波涌，海浪滔天，船被打湿了，害我喝了好几口海水。这是我从来没经历过的，我一次次发誓，如果上帝在这次航行中留我一命，我此生再也不出海了。

第二天，风平浪静，朋友安慰我说，昨晚只是起了一点微风，不用紧张，这是一个水手的必修课。他的话让我很没面子，像我很怕死似的。我决定坚持航海的梦想，于是开始了水手般的生活方式。

第六天，我们到达了雅茅斯锚地。船停了四五天，风势没有减弱反而更猛了。由于船上的水手个个经验丰富，再加上船也非常牢固，所以逆风对我们影响并不大，船正常航行。第八天早晨，风势骤然增大，我们的船仿佛随时要被大海吞没似的，砍掉前桅杆和主桅杆也不管用。底舱里的积水已经有一米多深了，大家都去淘水，而我被急救枪声吓晕了。危急关头，有一艘船顺风漂来，他们竟然愿意冒险放下一只小艇来救我们。费了好大劲，我们终于得救了，但大船沉没了。船长不愿再带我出海，劝我回到父亲身边。我和他们分开后，心里却一次次地在回家和航海间作着激烈的思想斗争。终于，我还是决定去实现我的航海梦想。

不久，我又踏上了一艘驶往非洲海岸的船，谎称自己去做生意，以绅士的身份登上了船。船长对我印象很好，不仅不收船费，还很热心地帮助我。我听他的话，带了价值约四十英镑的货物去卖，赚了大约三百英镑。这是我一生中唯一成功的一次航行。后来，在船长的指导下，我既学会了做水手，又学会了做商人。

船长回伦敦不久就去世了，原来的大副做了船长，我再次踏上同一条船去航行。我带了不到一百英镑的货物，余下的二百英镑寄存在船长太太那里。不幸的是，我们遇到了土耳其海盗船。经过激烈的交锋，我们全部被俘，被押送到萨

累，那是摩尔人的一个港口。其他人被送到摩洛哥皇宫里，只有我留下来做了海盗船长的奴隶，过着没有尊严的生活。两年后的一天，主人要请客，让我和一个摩尔人去打鱼。我知道，期待已久的逃亡机会终于来了！

以捕鱼为借口，我把三罐淡水、一筐甜饼干、酒、蜜蜡、粗线、斧子、锯、锤子、枪、子弹、火药等东西都搬到了船上。我谎称钓不到鱼，把船划到稍远的地方，把摩尔人推到海里，用枪逼着他朝岸边游；留下一个叫佐立的孩子，要求他忠诚地跟随我。

我怕摩尔人追来，航行了五天才靠岸。不想，这却是个危险的地方，整夜都能听见野兽的怒吼狂啸，我吓得胆战心惊，不敢合眼。我们面临着野人和野兽的威胁，没办法，只好沿海岸继续航行。连续航行十一天后，我们终于被一艘葡萄牙船搭救了。好心的船长买下了小艇上我想变卖的东西，给了我二百二十四西班牙银币。我带着这笔钱，开始在巴西生活。佐立愿意留在船上，跟着船长学手艺。

来到巴西不久，葡萄牙船长把我介绍给了一位种植园主。我在他那里住了一段时间，很羡慕他们的富裕生活，于是留下来经营种植园。

后来，船长又帮我把保管在英国船长太太那儿的钱运了过来，还帮我置办了一批货物，买了经营种植园需要的各种工具。我的种植园发展很快，只是这里太缺人手。几年后，我已小有成就，生活也越过越好。可是，这并不是我的梦想，每每想起家乡，想起父母，我都悔恨万分。

一天，三个人来找我，想与我合伙去几内亚湾贩黑奴，由我负责管理船上货物和岸上交易，不用出钱，回来后和他们平均分成。我犹豫了片刻，还是答应了，并立下遗嘱，如果我遇难，葡萄牙船长将继承我的全部财产。

船和货物很快就准备好了，1659年9月1日，我们登船出发。上帝知道，这是一个特别不吉利的日子——八年前的今天，我悄悄离家出走，开始了人生的第一次航海。

我们的航线是沿着海岸，横渡大洋，直达非洲。十二天后，我们刚穿过赤道，就遇到了强烈的飓风，一刮就是十二天，我们的船完全失去了控制。第二十二天，风浪稍稍平静了，我们决定到加勒比群岛寻求援助。

但不幸的是，我们遭遇了另一次飓风，大船随时有倾覆的危险。我们只得登上备用的逃生艇，砍断缆绳，准备随浪漂浮，接受上帝的安排。一个巨浪把小艇打得底朝天，我们来不及惊呼就掉进海里。一次次接近海岸，又一次次被浪头卷进大海，但我仍然努力挣扎着，脚终于触到了海滩。

踩着脚下的陆地，我一下子明白了绝处逢生的含义，不由得感谢上帝。我的十个同伴都已葬身大海，只有我还活着，想到这些，真是又悲又喜。当天晚上，为了安全，我像鸟一样在树上睡了一夜。

第二天，我冒险返回大船，幸好上面还有吃的、喝的、木匠工具、枪和火药等。我动手扎了个木排，费了好大劲才把这些东西运到岸上，它们可是我开始新生活的必需品！

我察看了一下地形，一下子泄了气，这竟然是一座荒岛，四周一片汪洋大海，远处有几块大礁石，而我，只能在这里安家。不知不觉已经过去了十三天，在这十三天中我返回大船十一次，把能拿的、能搬的都运到了岛上。我的"家"虽然只是顶帐篷，却让我感到踏实、欣慰。

当时，我最强烈的念头就是如何保护自己，防御野人或野兽的袭击。为了安全，不仅要有房子，还要有地洞。我理想的住所应该靠近淡水，有利于防守，能看到大海。这样，一旦有船只经过，我就能早日获救了。

我在小山坡旁找到一块空地，把帐篷搭在那儿，筑了篱笆，凿了地洞，安置好火药。我在上岸的地方，竖了根木桩，刻下了来岛的日子：1659 年 9 月 30 日。在一个杂货箱里，我惊喜地发现了纸、笔、墨水、三本精美的《圣经》以及其他一些东西。我把它们小心地保存起来，用纸笔记下每天发生的事。

为了让家美观些，也为了打发时间，我利用手中仅有的斧头砍树、加工，给自己做了桌子、椅子、储物架等家具。

虽然费时费力，但看着自己的作品，我还是感到很欣慰。

几个月来，我一直在卖力地工作，围墙一天不加固好，就一天睡不踏实。岛上有大群大群的羊，烤羊肉成了我的日常食物，羊油被我用来做蜡烛。一天，我无意中发现地上长出了一些绿色的嫩芽，看上去像麦子，麦子旁还有二三十棵稻子。当时，我为了分装火药，把谷物倒出来，没想到它们竟然发芽了，这真是上帝的恩赐。

我对自己的家非常满意。但突然发生的地震提醒了我，住在山洞里并不安全，得把家搬到开阔的平地上去。搬家时，我不小心着凉了，身体发热，迷迷糊糊躺在洞里，刚感觉好一点，又突发疟疾，像要死了一样。我想起烟叶可以治病，而我又恰好有，所以病情得到了控制。稍好一些的时候，我开始翻阅《圣经》。后来，我才意识到，正是这两种"药"，治愈了我的疾病和灵魂。

几天来，我一直在读《圣经》，常常反复读那句话：患难的人，只要你祈求我，我则必须拯救你，而你只需在心中永远地敬畏我。冥冥中，我恍然大悟，又一次死里逃生，竟忘记了感恩。

康复后，我开始对小岛进行全方位的勘察。沿着河流向上，我发现了一个百草园，那里有不少瓜果。我边吃葡萄边想，可以晾葡萄干，这样就能一年四季品尝到美味了。

巡视了一圈，我发现自己住在岛上环境最差的地方，于

是决定在百草园再建个家。这里离海更近，更容易被搭救。忙活了好一阵，终于把新家建好了。一转眼到了9月30日，这是我来到岛上一周年的日子。我将这一天作为戒食日，十二小时不吃不喝，虔诚地跪地忏悔和祈祷，愿上帝原谅并赐福于我！

不久，我渐渐掌握了小岛上的气候规律，这里雨季和旱季相当分明，只要做好准备，不难度过。春天来了，我垦地、播种，接下来是雨季，种子在雨水的滋润下发芽，长势喜人。我终于收获了粮食，这给了我很大鼓舞。我在篱笆围墙外种满了小树，不出几年，这里就会绿树成荫。

我发现岛上有许多藤条，于是就把它们收集起来，下雨的日子，就窝在家里编东西。没事的时候，我就绕着小岛走，居然发现了几十里外的另一座海岛。从那里，我带回了一只小羊和一只鹦鹉，准备把它们驯养起来。没几天，鹦鹉和小羊就与我熟悉了。鹦鹉常常用小脑袋碰我的脸，小羊也常常跟着我，都和我亲热极了。

　　1661年9月30日，是我上岛两周年的纪念日，我像去年一样向上帝祷告。

　　"我绝不撇下你，也不丢弃你。"《圣经》中的这句话一直在激励着我，我相信上帝一定会解救我的。

　　生活一天天继续，我种的庄稼丰收了。看着大麦，我想起了做面包，可是，没有磨、筛子、发酵粉、盐等必需品。我很懊恼，但还是没有放弃这个念头。

　　我摸索着调和泥土，居然做出了瓦罐、盘子、锅等器皿，还烧出了几口汤锅。我来岛这么多年第一次喝到汤，真是鲜美极了。我用从杂货箱里翻出的棉布和薄纱围巾做成筛子，用烧制的方砖砌成炉子，用木柴把炉子加热，然后把面包放进去，用大瓦盆把炉子扣上，又在上面撒上炭火。就这样，我烤出了美味的面包。

　　我来到海边，找到当初大船上的那艘小艇。它还是底朝天地躺在海滩上。我费了好大劲也没能把它翻过来。于是，我打算做只独木舟。我用了近五个月的时间，总算做成了一只像样的独木舟。可是，我忽然发现，靠一个人的力量是无法把它推下水的。这次的沉重打击让我明白了一个道理，那就是做任何事都要预先考虑周全，不能做无用功。

在新独木舟做到一半的时候，上岛的第四个纪念日如期而至，我像往年一样戒食，向上帝诉说苦闷，也感谢上帝的恩赐。此时，我已经学会了知足，每年按时种庄稼、晒葡萄干、打猎、制作一些生活用品等，日子就这么一天一天地过去了。功夫不负有心人，我终于做好了独木舟，环岛旅行的愿望终于要实现了。

1665年11月6日，也就是上岸的第六个年头，我乘坐独木舟开始环岛航行。这真是一个值得纪念的日子。海岛虽然不大，却布满了礁石，有几次我险些被回流卷到海里。显然，已经无法划船从原路返回了，我决定沿海岸向西航行，找机会上岸，从陆地回去。我上岸后，发现好像来过这里，因为上次搭建的茅屋还在。

稍作休息，我带着鹦鹉返回山洞的家。经历的种种险情让我后怕，短时间内再也不想航海了。为了打发时间，我又开始制作各种生活用品，还驯养了几只小羊，后来它们繁殖起来，最多时竟达到了四十三只。这下我不仅能喝上新鲜的羊奶，还有奶油和干酪吃了。

不知不觉，我已经在岛上度过了十一个年头。

我像国王一样统治着荒岛上的一切，可是安分久了，又想起了那只停在海岛另一侧的小船。我收拾好行装，准备出发。我的"国王"服装很奇特，有帽子、短外套、短裤、皮带、鞋，从头到脚都是用羊皮做的，头上还撑着一把羊皮做的"太阳伞"，样子极为滑稽。

我走了五六天，才来到停泊小船的地方。虽然风平浪静，但我还是不敢把小船划回去，怕再遇到危险。我这个"国王"在岛上有两个城堡，一处是海边的山洞和帐篷，另一处是岛中央的茅屋。茅屋现在已经成了庄园，周围的篱笆长得和房子一样高，很安全。茅屋离海边不远，每次去停船处我总要在那里待几天。

一天，我照例去看那只小船。突然，我发现了一个大脚印，是的，海滩上清清楚楚地印着一个赤脚的印迹。我一下子傻了，这里没有人，哪来的脚印呢？更何况只有一个脚印！我在海边来来回回走了好几趟，不断地问自己，这到底是怎么回事？

此刻，我特别想回家，觉得家里还是相对安全的。我立刻以飞一般的速度跑回家。到家后，一连喝了好几罐葡萄酒才冷静下来。整个晚上，我都在胡思乱想，越想越害怕。

我窝在家里，哪里也不敢去，不知不觉，三天三夜过去了。我忽然想起《圣经》中的那句话：在患难的时候呼唤我，我必拯救你！是的，上帝与我同在！我一下子舒坦了许多，壮着胆子走出门。羊圈里，羊在悠闲地吃草，生活这么美好，哪有什么危险啊！

一连几天，一切都很太平，也许是我太敏感了。于是，我决定再去海边看看，确认一下那个脚印是不是我自己留下的！结果，我彻底绝望了，那个脚印比我的大很多，而且我

也没从那里上过岸。我发疯般地跑回家，想着种种防范措施，把住处进行了隐蔽加固，还把羊群分到几个地方圈养。就这样，两年过去了，我不仅没看到任何人影，连件古怪的事情都没有发生。

终于有一天，我看到了一幕令人惨不忍睹的景象。当时，我正去海岛西岸，发现海岸上到处是人骨。我简直无法形容当时的感受，只觉得一阵眩晕、一阵恶心。我仔细观察，确认是食人族部落所为。食人族部落打了胜仗，把俘虏带到这里，烤熟吃掉。我大口大口地呕吐起来，然后赶紧回家，一秒钟也不想待在那里。

时间一长，我似乎淡忘了危险，只是比从前谨慎了许多，每次外出都格外小心。我曾经想酿造啤酒，现在也没心情了。那些野人给我留下了极其恶劣的印象，我每天都在想怎么才能杀掉他们，如果可能还要解救那些俘虏。

我找好了伏击地点，准备了充足的枪支和弹药，每天去小山坡埋伏，但始终没看到野人的身影。几个月一晃过去了，我感到非常疲惫，也冷静了许多，陷入思考。既然上帝造出了野人，让他们相互厮杀，那么肯定就有制止他们的办法。我有什么权力去惩罚他们呢？他们并不知道我的存在，也没有伤害我，那我为什么还要去杀害他们呢？最后，我决定终止袭击计划，但前提是必须得到安全保证。

差不多一年时间，我在自己的地盘上深居简出。为了安全起见，我每次外出都随身携带几把枪，就连去挤羊奶也不例外。一天，我照常出去砍柴，忽然在一片低矮的丛林后面发现了一个奇怪的大洞。进去不到三十秒，我就赶紧跳出来，我看见黑暗中有两只发亮的大眼睛在注视着我。稍作镇定，我点燃火把，鼓起勇气再次进洞，原来是一只垂死的老山羊。

第二天我又去了大洞，经过仔细观察，发现这里真是一个理想的避难所。一定是上帝指引我来的，我当即跪地祷告。我决定立刻把一部分东西搬到洞里来，尤其是火药和枪支。到目前为止，我已经在岛上度过了二十三个年头，对这里的一切都已经习惯了。如果没有野人的袭击，我倒宁愿像那只山羊一样老死在这里。

又到收获的季节了。此时，我已经在荒岛上生活了二十四个年头。一天早上，天刚蒙蒙亮，我照例去察看庄稼，忽然发现小岛尽头的海岸上有亮光。我在树林里躲了一会儿，然后赶紧回家，生怕被野人发现。但在好奇心的驱使下，我还是想一看究竟。我小心翼翼地躲在山岩旁，举起望远镜。两个多小时后，我看见十来个野人正围着火堆吃人肉。

他们终于乘船离开了。我带着武器，以最快的速度朝海岸跑去，只见一些骨头、血淋淋的肉块、没啃完的肢体，乱七八糟地扔在地上。我实在无法忍受这种灭绝人性的劣行，当即发誓，如果下次再看见他们吃人肉，不管他们有多少人，一定要替上帝来严惩他们！那段日子，我除了收割庄稼，几乎什么都没干，整天就想着如何除掉他们。

五月中旬的一天，海面上突然狂风大作，暴雨倾盆而下。我正在翻阅《圣经》，突然一声沉闷的枪声传来。我带上枪，飞速冲到外面，爬上山顶。一道火光在夜幕中一闪而过，接着又是一声枪响，枪声是从海上传来的。难道有船只遇难了？

我急忙收集起附近的干柴点燃，没多久海上又传来几声枪响，显然他们看见了火光。整个晚上，我都在努力地保持火堆不灭。

天亮了，我看见了一艘触礁的大船。几天后，我划着小

船来到失事的船上。除了一条狗，我没发现有任何活着的生物。我在船上找到了枪支、弹药、酒和其他一些用得着的货物。我牵着那条狗满载而归，回到了岛上。

实在太累了，当天晚上我在小船上美美地睡了一觉。第二天，我把所有货物搬运到新发现的大洞里，因为那里比较安全。把所有货物安置妥当后，我才拖着疲惫的身子回到岸边的家休息。一切并无异常，只是我大部分时间都窝在家里，时刻关注着外面的风吹草动。

时间又过去了两年。因为担心野人出没，我整日寝食不安，越发不想过这种寂寞恐慌的日子。有一次，好不容易睡着，我做了一个梦，梦见我救了一个野人，他不仅成了我的仆人，还带着我离开了这里。

"有办法了，找一个野人做向导。上帝保佑，真是如梦方醒啊！"我不禁欣喜若狂地喊了起来。

一年半后的一个早晨，我照例去观察野人，发现岸上竟然停着五只独木舟。事情来得太突然，我简直不敢相信自己的眼睛，更没想到会来这么多人，怎么对付呢？

我躲在山顶上，用望远镜观察动静。他们有二三十人，还有两个俘虏。他们残忍地杀害了其中的一个，准备煮了吃。另一个俘虏趁没人注意，撒腿就跑。他奔跑速度惊人，正朝我的方向跑来。和梦中的情景一样，天哪，难道是上帝的旨意，让我拯救他？

我大声召唤那个俘虏，起初他还有些犹豫，但当我用枪托打晕了一个野人，用枪打死了另一个时，他相信了，并手起刀落把被我打晕的那个野人杀了。清理完战场，我带他回到了洞穴。

我在星期五这一天救了他，因此给他起了个名字叫"星期五"。我教他喝羊奶、吃面包，给他穿和我同样的衣服，传授他各种各样的生活技能。为了能正常沟通，我还开始教他学英语。星期五性格温和，机灵听话，因为我救了他的命，他像对待父亲一样对待我，甚至可以不顾生命危险来保护我，后来他的许多行为都证明了这一点。

星期五很害怕我的枪，我们出去打鸟、打山羊时，听到枪响，他就吓得不得了，以为我要杀他。我给他煮羊肉汤、烤山羊肉，他很喜欢吃烤羊肉，还告诉我再也不吃人肉了。为这，我高兴得差点儿流出眼泪。星期五的英语水平提高很快，我们已经可以交流了。转眼一年过去了，这也是我在岛上度过的最快乐的一年。

我向星期五打听他们部族之间的事，很想知道那边的大陆到底是什么样子，还想知道星期五是否怀念他的家乡。星期五告诉我，他虽然成为俘虏，但他的部落打赢了，抓了对方一两千人。他们认为，只有吃了敌人的肉，敌人才不敢来打他们。他还告诉我这一带的地形、居民、海洋和海岸等情况，把知道的一切都告诉了我。我觉得这个加勒比土著人能帮我，于是重新燃起了能离开小岛的希望。

现在，我天天朗诵《圣经》，也给星期五讲一些宗教知识。星期五说，上帝留着我们不杀，留着魔鬼不杀，是让我们这些人赎罪。我很惭愧，自己竟没想到这一点。感谢星期五，让我对上帝有了新的认识。我虔诚地祷告，祈求上帝保佑这个可怜的加勒比土著人，让他的灵魂得到救赎。

一晃三年过去了，现在，星期五不但是我的仆人，还是我的朋友。在共同探讨《圣经》时，他比我更虔诚、更有热情。经过三年多的相处，我已经完全信任他，并向他讲述了自己的经历，还教他学会了打枪。星期五告诉我，他们曾搭救过十七个白人，这更使我萌发了去他们部族看看的念头。

每当聊起家乡，星期五就眉飞色舞，一脸幸福的表情。我决定和他一起回去。一个月后，我们造好了一艘可以乘载二十人的大船。星期五是驾船高手，这么大的船在他手里就像一叶小舟，来去自如。我们打算过完雨季就走。

流落荒岛二十多年，最后三年是和星期五一起度过的，很快乐。感谢上帝对我的眷顾，让我时时刻刻都对生活充满希望。

快到旱季了，我们打算这几天就出海。一天早晨，星期五刚出门不久，就以百米冲刺的速度跑回来说，外面来了三只独木舟，他很害怕，担心是来抓他的。我们带上武器，来到小山顶，发现一共有二十几个野人、三个俘虏，其中好像还有个白人。

星期五开枪打死了几个野人，当他去追逃跑的野人时，我砍断了那个白人俘虏身上的绳索，救了他。他是个西班牙人。这一战，我们一共杀死了十七个野人，逃跑了四个。在追逃跑的野人时，我发现独木舟里还有个俘虏，他竟是星期五的父亲！

星期五高兴得又哭又笑，抱着父亲不知道说什么好。我和星期五做了一副很大的担架，把他的父亲和西班牙人抬到家的围墙边，又搭了个帐篷，让他们在里面暂住养伤。

西班牙人和星期五父亲的身体十分虚弱，我把他们安顿好之后，就让星期五去抓羊煮汤，给他们补补身体。聊天时，星期五就充当我们的翻译官，因为那个西班牙人能很熟练地说他们部落的语言。

星期五的父亲邀请我去他们部落，可西班牙人不同意，说他们和土著人虽然相处得很好，可是那里没有吃的，十六个西班牙人和一个葡萄牙人在那里已经快活不下去了。他建议我们多开垦些土地，等粮食收获了再去接他的同伴。

粮食丰收后，我让西班牙人和星期五的父亲去那边和同伴们会合。临行前，我严肃地对他们说，如果有人不能发誓绝对服从我的命令，就坚决不带他到岛上来。西班人完全同意，和星期五的父亲出发了。

在他们走后的第八天，发生了一件很意外的事。一艘英国大船向我们的荒岛驶来，旁边还有一艘小船。通过望远镜我看到他们共有十一个人，其中三个似乎被绑着。那些人上岸后就四处转悠，三个俘虏则一脸绝望地呆坐在地上。

我悄悄跑过去，低声和俘虏们交谈，得知是船员反叛，把船长、大副和一个旅客绑了起来，扔在这里，准备把他们活活饿死。我答应帮他们夺回大船，条件是他们在岛上必须无条件服从我的命令，而且免费送我和我的手下回英国。

他们答应服从我的指挥，船长说只有两个带头反叛的人

最坏，只要把他们制服，其他人就会乖乖服从我们了。我给他们每人发了一支枪和一些子弹，夺船行动开始了。

没怎么费劲，对方的几个水手就被我们制服了，并愿意归顺我们。可是，大船上还有很多人，他们都反叛了，清楚自己犯的是死罪，肯定会反抗到底。如果他们拿着武器来岛上搜查，靠我们这几个人，真不知道能有几分胜算。

所以，我们把搁浅在沙滩上的那只小船凿破，把船上所有的东西搬下来，又在船底凿了一个大洞。这样一来，即使他们有充分的实力战胜我们，也没法把小船划走。

我们坐在地上谋划下一步行动，这时大船上传来一声枪响，有人摇动旗帜，叫小船回去。不见小船上有任何动静，于是又放了几枪，并再次向小船发出信号。最后，他们见发信号和放枪都不管用，就放下另一只小船，向岸上摇去，大船上只留下三个人看守。小船逐渐靠近了，我们看见小船上有十来人，而且都带着枪。

我们悄悄隐藏起来，准备天黑以后再说。天终于黑了，我们十几个人一起冲了出去，喊声震天，奋勇搏斗，让他们根本分不清到底有多少人。一听到船长和熟悉的水手喊话，大部分人乖乖缴械投降，只有那个领头的被船长一枪打死。船长让俘虏们称呼我为总督，因为我对这个小岛拥有绝对的主权。

我们很快部署了兵力。船长、大副和之前被绑的旅客编为一组，第二批俘虏中的两个水手编为一组，我和星期五编为一组，负责驻守大本营，看管岛上剩下的俘虏。

一个水手向大船喊话，船长带人趁机迅速靠近并登上大船，把反叛的二副和其他几个水手制服。不幸的是，大副在击毙新船长时胳膊上挨了一枪。

我乘坐大船离开荒岛的时间是1686年12月19日，算起来，在岛上一共度过了二十八年二个月零十九天。凑巧的是，我第二次遇难并获救的这一天，和第一次从摩尔人手下逃出来的那天是同一天。航行了半年之后，我终于在1687年7月1日抵达了英国，离开家已经有三十五个年头了。我回到家乡约克郡，父母已经去世。他们都认为我已经死了，因此没给我留下任何遗产。

我身上仅有的一点钱，根本不够成家立业。于是，我决定和星期五去里斯本，看能否打听到我在巴西的种植园以及合伙人的情况。在里斯本，我找到了那位曾在非洲海面把我救起的船长，他是我遗嘱中的财产继承人。因为没有我的死亡证明，所以他始终无法接管我的种植园。老船长写了担保

书和亲笔信，证明我确实是当年种植园的建造人。

　　七个月之后，我收回了种植园的财产。一夜之间，我成了拥有五千英镑的富翁，而且我在巴西的产业，每年至少也有一千英镑的收入。我觉得自己简直是在做梦，但还是觉得有些不太稳妥。我打算把全部货物都换成钱，走海路回英国。可是快出发的时候，我又突然改变了主意，把行李从预定的两条船上搬下来。没想到，那两艘船一条被抢，一条沉没。我不由得一阵后怕，再次感谢上帝的眷顾。

　　老船长也支持我走陆路，怕我一个人寂寞，还给我找了一个同行的英国绅士。这位绅士是里斯本一位商人的儿子。后来我们的队伍又加入了两位英国商人和两位去巴黎的葡萄牙绅士。他们几个共用一个仆人，而我呢，除了星期五之外，还有一个英国水手做仆人。我们开始了大陆之旅。

　　我们全副武装，骑着马出发了，其实这次看似简单的旅行还是很惊险、很艰辛的。我们抵达西班牙后，在马德里逗留了几天，参观了几个值得一看的地方。我们离开的时候，已经是 10 月中旬。小镇里的人告诉我们，法国境内的山上已经大雪纷飞，许多试图翻山的旅客都被迫返回了潘佩卢那。到了潘佩卢那，我们发现那里果然异常寒冷。我在岛上待了二十八年，早已习惯了热带气候，星期五更是一辈子都没见过雪，冻得直打哆嗦。我们被雪阻隔在这里足足有二十天了，眼看冬季就要来临了。就在我们不知所措的时候，来了四位法国绅士。他们建议我们找一位过硬的向导带路，这样就可以高枕无忧。于是，我们找了一位看上去很专业的向导，准备翻越雪山。

11 月 15 日，我们跟着这位向导从潘佩卢那出发，队伍中又加入了一些法国人和西班牙人。向导带着我们穿过一个平原，攀山越岭，最后到达了最高峰。没想到的是，原本晴朗的天空却下起了大雪，而且一下就是一天一夜。向导叫我们放心，说不久即可通过这里。

这时，突然窜出来三只狼和一头熊，骑马走在最前面的向导被狼狠狠地咬伤了。还好，星期五手疾眼快，开枪打死了狼，否则向导很有可能命丧狼口。不过，星期五的枪声引来了山谷里此起彼伏的狼嚎声。一路上我们至少被几百只狼围攻，斗智斗勇，走走停停，好不容易才到达附近的一个小镇。这次与狼的战斗是我遇到的最为惊险的一次。我宁可在海上遭遇风暴，也不想再遇到狼了。

经过反复思量，我决定在英国定居，把巴西的种植园卖掉。不久，我拿到了三万二千八百枚葡萄牙金币，这是我卖掉种植园的所得。我在英国安定下来，结了婚，生了子，过着有钱有地位的生活。遗憾的是，刚生完第三个孩子不久，我的妻子就去世了。这下，压抑了七年的航海欲望终于又爆发了，于是我和小侄子一起出海去了东印度群岛。

途中，我还在那座自己生活了几十年的小岛待了二十多天。现在岛上的主要居民是从星期五部族过来的西班牙人，他们已经有二十多个孩子了。我带来了很多枪支、弹药和各种生活必需品，还有一个铁匠、一个木匠。为了避免纷争，我将全岛领土重新划分给他们。他们只有使用权，主权则只

属于我。之后，岛上又发生了许多惊险的故事，如果有机

会，我再讲给你们听吧！

柳林风声

　　整个上午，鼹鼠都在小屋子里给墙面刷石灰水，累得背脊疼、胳膊酸。春天的气息飘进鼹鼠的小屋，他扔下刷子冲出屋子，钻进陡斜的狭小地道，向上面的小石子车行道爬去。这车行道是属于住得离太阳和空气更近的动物们的。

　　鼹鼠用他的小爪子又扒、又挖、又掘、又抓，嘴里还一个劲儿地说："我要上去，我要上去！"

　　最后，他的鼻子伸到了太阳光里。他看到小鸟在筑巢，花在含苞，树叶在发芽，到处生机勃勃。他蹦跳着，跑过大草原，穿过灌木树篱，钻过矮树丛，来到一条大河边。河水波光粼粼，鼹鼠站在河边入了迷……

鼹鼠遥望河对面，忽然看到一个黑洞，洞里钻出一只河鼠。两只动物互相打量着，相互问好。

"你好，鼹鼠！"

"你好，河鼠！"

"你想到这边来吗?"河鼠问鼹鼠。

"聊聊天倒也不错！"鼹鼠对河那边的生活方式很好奇。

河鼠跨进一只小船划过来，伸手拉住鼹鼠。鼹鼠又惊又喜，他还从来没有坐过船呢！

河鼠镇静地说："你听我说，如果你今天没什么事，我们就一直顺流而下，坐一天船，好吗?"

鼹鼠欣然同意。

他们带上午餐篮，开始旅行。鼹鼠完全陶醉于水上的涟漪、香味、声响和阳光。他们遇到了大嘴水獭和不善交际的老獾。水獭与河鼠交谈起来，并提到了不管做什么事都只有五分钟热度的癞蛤蟆，说他一会儿爱帆船，一会儿爱平底船，去年换了大游艇，现在又玩起了赛艇……他俩聊得不亦乐乎！

太阳渐渐西下，河鼠一路悠闲地划船回家。鼹鼠午饭吃得饱饱的，心满意足，有点闲不住了。

"河鼠仁兄，我想划划船！"鼹鼠说。

河鼠微笑着摇了摇头说："还不行，等你学会了再划吧！划船可不像你看上去那么容易。"

鼹鼠安静了一两分钟，忽然跳起来抓住河鼠的双桨，用力划着。可是桨还没有碰到水面，他一个倒栽葱，趴在了船底。他吓了一大跳，一把抓住船舷。船翻了。水特别凉，鼹鼠在河里挣扎，但一直往下沉。他冒出水面，又是咳嗽，又是吐水，但还是往下沉，简直要绝望了！这时，一只有力的爪子抓住了他的后颈。河鼠将鼹鼠拉上岸，带他回家。回到家，两个人坐在炉火边，河鼠给他讲河上的故事：堤坝、洪水、苍鹭、捉鱼、旅行……

一个晴朗的夏日早晨，河鼠坐在河边哼小曲儿，已经学会了游泳和划船的鼹鼠凑过来。

"河鼠，我想求你帮个忙。你能带我去拜访一下癞蛤蟆先生吗？我听到了太多关于他的故事，实在想结识他。"鼹鼠说。

"当然可以，"好脾气的河鼠跳起来说，"把船拉过来，我们这就上他那儿去。去看他，随时都行。他总是脾气很好，总是高兴见到你，最后还总是舍不得让你走!"

绕过一个河湾，他们来到癞蛤蟆庄园。在河边船库里有很多漂亮的小船，都是癞蛤蟆玩腻了丢弃的。他们上了岸，穿过鲜花盛开的草地，看见癞蛤蟆正在出神地看地图。

"好极了，"癞蛤蟆一见到他们就跳起来大叫道，"这真是太好了！你们早不来晚不来，正好这时来，你不来我也正要派人去接你们呢！我现在很需要你们！"

癞蛤蟆带着河鼠、鼹鼠来到他的马厩。一辆崭新的大篷车出现在眼前。

"你们瞧啊，"癞蛤蟆神气地说，"划船已经是孩子玩的无聊游戏了，这辆车才是一个人真正的生活，公路、荒地、丘陵、农村、城市，今天到这里，明天到那里！不停地旅行，景色不断地变化！"

车是他亲自设计的，内部设置也紧凑舒适，吃的、用的一应俱全，癞蛤蟆得意地滔滔不绝。

"我们下午动身，去看看世界。"癞蛤蟆说。

虽然河鼠不想离开河岸到别处生活，但他的好脾气还是让他顺从了癞蛤蟆的建议。而鼹鼠呢，冒险生活对他来说太新鲜、太刺激了！不管怎么说，三个人总算达成一致，决定驾车去旅行。他们捉住牧马场上的那匹老马，充当苦力。到了晚上，离家已经很远了，他们虽然很累，但很快活。第二天下午，他们来到公路上。忽然，一阵嗡嗡声从远处传来。他们回过头，看见一辆超大型豪华汽车卷着尘土飞奔而来。老马从未见过这种场面，受到了惊吓，把车子拉进了路边的深沟里。随着一声巨响，车子无可挽回地毁了。河鼠和鼹鼠气得发抖，而癞蛤蟆直挺挺地坐在公路当中，死死盯着汽车消失的方向，流露出一种平静而满足的表情。他们来到小镇火车站，河鼠和鼹鼠把神魂颠倒的癞蛤蟆送上回家的车。然后他们划着小船回到家里，又恢复了平日安静的生活。

第二天傍晚，河鼠串门回来，带给鼹鼠一个消息："整个河岸现在都在谈论一件事，那就是癞蛤蟆今早进城订购了一辆又大又昂贵的汽车。"

夏天过去，河水暴涨，岸边变换了颜色，远处的原始森林死一般的寂静。獾先生就住在森林里，虽然难得露脸，但周围所有人都能感觉到他的存在。

鼹鼠早就想结识獾了，曾多次向河鼠提起，但总是遭到河鼠的阻拦。

冬日午后，河鼠在炉火边打盹儿，鼹鼠拿定主意要去森林探险，说不定能遇到那位獾先生。

他走在森林里，天空一片铁灰色。他看见很多洞穴，每个洞穴都露出一张小脸，每张脸都冷酷、恶毒、凶狠。黑夜降临，森林里响起嚓嚓声，开始时很轻，鼹鼠以为是落叶，接下来声音有了节奏，最后整个森林犹如万马奔腾、一片喧嚣。鼹鼠开始跑起来，漫无目的，直到累得再也跑不动，蜷伏在山毛榉的树洞里。

此刻，他只想离开这片恐怖的森林。

而这时候，河鼠正躺在火炉边打盹儿，既温暖又舒服。他一觉醒来，发现屋子里十分安静，鼹鼠不见了。他走出门仔细察看，发现泥地上有一串鼹鼠的脚印，一直通向森林。

河鼠沉思片刻，走进屋，在腰间系上皮带，插上两把手枪，拿起一根粗棍，快步走向森林。他一路上不停地呼唤鼹鼠，一个多钟头后，总算听到了轻轻的一声回答。他在山毛榉树洞里找到了鼹鼠。

鼹鼠精疲力竭，哆嗦个不停。河鼠安慰他，让他振作精神，趁天还有点儿亮光赶快回家，因为天气实在太冷了。可是鼹鼠想再休息一会儿，好恢复体力，河鼠只好答应。

休息了一会儿，鼹鼠和河鼠走到洞口，发现外面下起了大雪。森林里所有的洞穴、树洞、水坑、陷阱一下子全都不见了，到处铺着闪闪发亮的白色地毯。

他们还是勇敢地出发了。一两个钟头后，他们停了下来，垂头丧气。他们迷路了，完全认不出这是哪里。当他们又一次挣扎着站起来，准备到前面的小山谷找个岩洞或角落躲避风雪时，鼹鼠忽然绊了一跤，摔伤了小腿。河鼠为他包扎好伤口，在雪地里又扒、又挖、又刨、又看。忽然，河鼠大叫一声，发现了一个放在门口的刮泥器。鼹鼠真不知道这有什么好开心的。河鼠继续刨雪，又发现了一个门垫，这让他更加兴奋。他用木棍到处戳，拼命地挖，鼹鼠也跟着扒个不停。

终于，在一个雪墩旁出现了一扇漆成绿色、看起来很结实的小门。就着月光，他们读出镌刻在门上的几个字：獾先生。鼹鼠又惊又喜，打心底里佩服河鼠。

他们摁响门铃，獾先生睡意蒙眬地开了门。

"是谁呀，深更半夜的？"獾先生问。

"噢，老獾，"河鼠叫道，"我是河鼠，还有我的朋友鼹鼠，我们在雪地里迷路了。"

"在这种夜里，小动物是不该出来的。不过，快进来吧，你们一定累坏了。"獾像父亲一样。

獾带河鼠和鼹鼠走进一间又亮又温暖的厨房，地上铺着磨平了的砖，宽大的壁炉里烧着木柴，房间尽头有一个柜子，里面摆着一排排洁白的盘子，头顶的横椽上吊着几只火腿、几束干草、几袋洋葱和一篮篮鸡蛋。獾让他们在壁炉边烤火取暖，而自己则为他们准备食物。

河鼠和鼹鼠狼吞虎咽，好一会儿才缓过精神来。獾坐在旁边听他们两个讲述事情经过，还不时地点点头。

鼹鼠对他很有好感。

随便聊了一阵，獾说："好了，给我讲讲你们那边的事情吧！癞蛤蟆老弟如今过得怎么样了？"

"噢，越来越糟了，"河鼠严肃地说，"他上星期又出了一次撞车事故，撞得可惨了。"

"他有多少辆车，撞过多少次了?"獾问道。

"对癞蛤蟆来说，有一辆车就意味着发生一次撞车事故，这是第七辆了。癞蛤蟆有钱这我们都知道，可毕竟不是百万富翁啊! 这样下去，他送命或者破产是迟早的事。獾，作为他的朋友，我们得想点儿办法。"河鼠说。

"好。等来年夜短昼长的时候，我们一定要好好管管这个癞蛤蟆，不能让他再胡作非为，要让他恢复理智，成为一只有头脑的癞蛤蟆。"獾说。

河鼠和鼹鼠都庄重地点了点头。时候不早了，獾让他们上床睡觉，他们心安理得地钻进了被窝。

第二天早晨，河鼠和鼹鼠很晚才起床。厨房里炉火很旺，两只迷路被救的小刺猬正在吃早饭，餐桌上有燕麦粥、熏肉、煎蛋和热咖啡。而此刻的獾先生正在书房的扶手椅上打瞌睡。

门铃响了，进来的是水獭。

他一下抱住河鼠，激动地说："今天早晨我去河岸，那里一片惊慌。他们说你和鼹鼠一夜没有回家，一定发生了可怕的事情。但是我想，准能在这儿找到你们……"

然后，水獭和河鼠头靠头起劲儿地谈着。中午时分，獾打着哈欠，揉着眼睛走进来，用安静和简单的方式向大家问好。大家共进午餐后，獾带着鼹鼠去参观他的家，而另外两个又蹲在壁炉边开始了新的一轮谈话。

獾和鼹鼠终于又回到厨房，一种莫名的感觉让河鼠坐立不安，他说他们必须得走了。

河鼠和鼹鼠走了一整天，穿森林、过丘陵、走田野，最后来到一个村庄。农舍的灯光、一只被人抚摸着的猫、一扇掩着窗帘的小窗，使他们更加思念自己的家，而他们自己的家还在很远的地方。

他们必须打起精神走完最后一段长路，路总是会有尽头的。他们静静地走着，步履沉重，各想各的心事。

　　忽然之间，鼹鼠感受到了一个召唤，浑身好像触电一般。也许我们只能用"闻"这个字眼来形容动物鼻子里的那种微妙的感觉。黑暗中，正是这种神秘的呼唤通过旷野传导给了鼹鼠。他停下脚步，一动不动，用鼻子东闻西找，希望再次捕捉到那强烈的电流。

　　过了一会儿，鼹鼠又一次感受到那种召唤，那种令他记忆闸门洞开的召唤。

　　家！只有家的召唤才能如此亲切！鼹鼠知道，老家就在附近。自从春天离家，他就没有回来过。他的嗅觉告诉他，尽管老家简陋窄小、陈设可怜，可终究是自己建造的。现在家正呼唤着他回去。他停下脚步，想要回去！

　　这时，河鼠已经走出了很远，回头叫道："鼹鼠，不能停下，又要下雪啦！"

　　鼹鼠此刻的心都要碎了，但不能背弃朋友，于是强压心中的痛苦，拼命追上全然不知的河鼠。

　　他们又走了很长的一段路，河鼠发现鼹鼠一直沉默不语，于是停了下来。鼹鼠凄凉地坐下来，再也控制不住眼眶中的泪水，哭泣着告诉河鼠闻到了自己家的气味。

河鼠头脑冷静，决定带鼹鼠回头寻找他的家。

鼹鼠终于回到了老家，可随即又陷入了忧愁，为没有能给朋友取暖的熊熊炉火、没有能为朋友充饥的可口晚饭而自责不已。

河鼠总是积极乐观，立刻为伙伴打气。他们找来木块和煤生起炉火，还找到了一个沙丁鱼罐头、一盒饼干、一根香肠和几瓶啤酒。

正当他们准备用餐时，门外出现了一幅美丽的画面，十多只小田鼠站成一个半圆，脖子上围着红色的羊毛围巾，小爪子插在口袋里，蹦跳着来取暖。门一打开，这群可爱的小家伙就唱起了《圣诞颂歌》。

在美好的时光中，他们共进了一顿丰盛的晚餐。小田鼠离开后，河鼠很快爬上床睡着了。鼹鼠也躺下来，环顾着老房间。火光照亮了各种熟悉的物品。原来，幸福就是这么简单。初夏，小河恢复了原状。鼹鼠仍旧憧憬着新的生活，仍然跟着河鼠住在河岸。

一个晴朗的早晨，鼹鼠和河鼠吃着早饭，商量着这一天的计划，突然响起了重重的敲门声。不爱交际、不爱串门的獾先生来了，这让他们有些意外。

"时候终于到了！"獾极其庄重地说。

"什么时候？"河鼠问。

"癞蛤蟆的时候啊！我曾经说过，等冬天一过，我就要去好好管管他。昨晚听到可靠消息，又有一辆超级大马力新汽车将要开进癞蛤蟆庄园。我们得赶紧去！"獾说。

三个伙伴上路了，他们要去挽救癞蛤蟆，阻止他无度挥霍，阻止他开车横冲直撞、车祸连连，阻止他跟警察吵架，阻止他败坏这一带所有动物的名声。他们要把他教育成为一只理智的癞蛤蟆。

正如獾所预言的，癞蛤蟆庄园的行车道上停着一辆闪闪发亮的鲜红色大汽车。当他们走近门口，门一下子敞开了，

癞蛤蟆大摇大摆地走下台阶。

"伙计们！你们来得正好，快跟我去快活快活……"话没说完，癞蛤蟆就注意到了三位朋友脸上冷冷的表情。

"把他带进去！"獾斩钉截铁地说。

鼹鼠和河鼠把癞蛤蟆拖进了门。

獾回过头对司机说："癞蛤蟆先生不想买这辆车了，你不用再等了。"

门关上了，癞蛤蟆挣扎反抗着，又踢又骂。獾把他拉进吸烟室谈了大约三刻钟。可结果让人非常失望，癞蛤蟆死不悔改，就像吃了秤砣，并叫嚣只要看见一辆汽车，坐上就走。三个朋友商量后决定：轮流值班看着他，直到他改邪归正为止。

一天早晨，轮到河鼠值班，癞蛤蟆还躺在床上。

"你今天好吗，老伙计？天气这么好，你可别总躺着闷闷不乐啊！你看，獾和鼹鼠都出去散步了，要到吃中饭时才回来。我们可以过一个愉快的上午，我将尽量使你高兴。现在起床吧!"河鼠来到癞蛤蟆床边。

"亲爱的河鼠,"癞蛤蟆开始动脑筋,装出一副无精打采的样子,"我实在是起不来了,你能否到村里去请一个医生,经过律师家的时候,把律师也请来……我已经奄奄一息,你就答应吧!"

河鼠吓坏了,赶紧锁上门向村子跑去。癞蛤蟆开心极了,立刻跳下床,把床单拧成绳子拴在窗棂上,爬出窗子,顺着绳子滑到地面,幸灾乐祸地朝河鼠相反的方向走去。

癞蛤蟆快活地顺着公路走着,离家有好几千米了。

"干得真不错,"他笑着对自己说,"用脑子对付暴力,脑子胜!真是可怜啊,河鼠!"

此时,他扬扬得意,昂首阔步。他来到一个小镇,走进一家饭店,点了一桌丰盛的午餐。

吃到一半,街上传来一阵熟悉的声音,一辆汽车停在饭店门口,下来一帮人。

看到了车,他马上热血沸腾,再也忍不住了,来到汽车旁，心里想："我只看看它，不会怎样的！"

可是马上，不知怎么搞的，他握住了方向盘，车轮转动了起来，过去的激情马上又重新回到了癞蛤蟆身上。汽车在街上飞驰，开上公路，穿过田野，他觉得自己又成了癞蛤蟆，名副其实的癞蛤蟆。他一路飞驰，唱着歌，只图眼前痛快，根本不顾及后果。

最终，癞蛤蟆被定了三条罪状：一是偷了一辆价格昂贵的汽车；二是开车造成了公共危险；三是对乡村警察蛮横无礼。他被判了二十年徒刑。警察给他套上锁链，拉出法庭。癞蛤蟆尖叫着，哀求着，抗议着。

他们穿过市场，经过学校，走过吊桥，一些人向癞蛤蟆投来嘲笑和胡萝卜。他们穿过森严的老城堡，经过一个个警卫室，兵士们龇牙咧嘴，哨兵露出恶狠狠的目光……

他们在最里面一个阴暗潮湿的地牢门口停下来，警察将癞蛤蟆交给两名身穿古代服装的狱卒，并警告说："这只坏透了的癞蛤蟆诡计多端，你们要使出浑身解数看好他。万一出了事，你们的脑袋可就不保了！"

于是，癞蛤蟆成了一名囚犯。

癞蛤蟆入狱后，河岸少了许多话题。

仲夏夜，柳树间的苔莺躲在黑暗处唱着细柔的小曲，鼹鼠躺在岸边的酸梅叶上，等待着朋友回来。很快，河鼠回来了，告诉鼹鼠，老水獭的儿子小胖子已经失踪好几天了。

夜深了，鼹鼠和河鼠都无法入睡，决定要做点什么。他们把船拖出来，溯河而上。黑夜笼罩着田野和小河，他们听见风吹芦苇、草丛和垂柳的声音。忽然，一连串流水般快活的笛声，像浪头似的向他们扑过来。这是音乐，更是呼唤。他们心里明白，在那个音乐奏响的地方，在那个神圣的地方，一定能找到小水獭。

当黎明即将到来时，他们在一个开满鲜花的小岛上，找到了那只圆滚滚、胖乎乎的小水獭。此刻，他正安静而满足地熟睡着。

还是说说那只被关在牢里的癞蛤蟆吧！他痛苦绝望，已经绝食好几个星期了。

一天，狱卒的女儿带着好吃的点心去看癞蛤蟆。她是一个可爱的姑娘，心肠好，特别喜欢动物，可怜癞蛤蟆的悲惨遭遇，想让他高兴起来。

美味佳肴香气四溢，癞蛤蟆边吃边讲述他自己、他的庄园、他的朋友。之后的许多个日子，他们谈了许多有趣的话题。一次，姑娘心事重重地告诉癞蛤蟆，她有个婶婶，是专门给犯人洗衣服的。她想让癞蛤蟆花几个英镑买通她婶婶，然后穿戴上她婶婶的衣服和帽子，就可以冒充洗衣妇从城堡里逃出去。

事情一旦决定，实施起来总是很快的。对于癞蛤蟆来说，唯一别扭的是那身洗衣妇的衣服，它完全掩盖了作为一只至高无上癞蛤蟆的气质。

癞蛤蟆尽量迈着坚定的脚步，洗衣妇一般的矮胖个子和一身洗衣妇的印花布长裙，成了通过每一道关卡的通行证。一股清新的空气扑面而来，听到身后最后一道大门咔嗒一声关上时，他知道自己真的已经自由了。

他来到火车站，准备买票回癞蛤蟆庄园，可是忽然想起上衣和背心都留在牢房里，里面装着记事本、钱、钥匙、挂表……他懊丧极了，来到站台。

司机正在给火车头添煤。癞蛤蟆抽抽搭搭地哭诉着，说自己是一个洗衣妇，丢了钱，买不了回家的火车票，家里还有几个孩子……

好心的司机让他坐上火车头，他顿时转忧为喜。走出很远，司机忽然发现他们后面跟着一辆火车，像是在追赶他们。这正是癞蛤蟆所担心的，于是又垂头丧气起来。

追赶他们的火车越来越近，车头上挤满了挥舞着手枪和木棍的狱卒和警察，大叫着："停车，停车！"

癞蛤蟆跪下来，哀求司机："救救我吧，亲爱的先生，其实我不是洗衣妇！"

火车司机狠狠地看着他说："现在你要讲真话！"

癞蛤蟆坦白说，自己因为偷了一辆汽车才被关进地牢，后来又如何大胆而聪明地逃了出来，不想再进牢房……司机对他讲的汽车完全不感兴趣，只是不愿意在自己的火车上听警察指手画脚。司机使劲地往锅炉里添了几锹煤，开足马力冲进前面的一条隧道。火车冲出隧道，癞蛤蟆终于看到了铁路两边茂密的森林。

司机让癞蛤蟆下到踏阶上，将火车速度降下来，大声叫道："好，跳下去！"

癞蛤蟆纵身一跳，滚下路基，站起身，赶紧钻进森林躲了起来。他探头张望，只见乘坐的那辆火车重新加快了速度，消失在远方。追赶他们的火车头也冲出隧道，咆哮着，伴着汽笛。

上面的人仍然挥舞着武器哇哇大叫："停车！停车！"

火车开了过去，癞蛤蟆开怀大笑。这时，天又黑又冷，他不敢离开森林，只想远离身后的铁路。可能是在牢里待久了，他觉得森林既古怪又充满了敌意。猫头鹰扑过来扫了一下他的肩膀，狐狸神气活现地嘲笑他。癞蛤蟆气极了，却一点儿对付他们的办法都没有。

最后，他又冷又饿，找到一个树洞躲了进去，用树枝和枯叶勉强做了一张舒服的床铺，在上面美美地睡到了大天亮。癞蛤蟆很早就醒来。明亮的阳光从树洞口射到身上，他揉着眼睛、搓着脚趾发呆，不知道自己在什么地方。忽然，他意识到自己已经自由了，真是太让人高兴了。他大踏步地走在大路上，来到运河边。

一匹拖着一条木船的马低头向他走来。船上站着一个胖女人，胳膊靠在舵柄上。

癞蛤蟆故伎重演，对胖女人说自己是个可怜的洗衣妇，丢了所有的钱，迷了路……

胖女人把船停在岸边，让他上了船。一路上，他们轻松愉快地交谈着。

癞蛤蟆无聊地观看着风景，哈欠连连，胖女人扔给了癞蛤蟆一堆脏衣服。他实在推脱不掉，便极力回忆狱中洗衣房的情景，然后动手模仿。

洗了一会儿，癞蛤蟆腰酸背痛，肥皂已经从手里滑落了五十次，于是愈发恼火。

"我一直在留心看着你，"胖女人哈哈大笑，"看你说话目空一切的样子，就知道你一定是一个骗子。我敢打赌，你从来就没洗过衣服！"

癞蛤蟆忍耐了很久的怒火终于爆发了："你这个庸俗的胖船娘，竟敢这样和一个上等人说话。什么洗衣妇，我是一只无人不知、无人不尊敬的了不起的癞蛤蟆！现在我是落了难，可那也不能让一个胖船娘耻笑啊！"

"哈哈，原来你是这么个东西！我可不能容忍一只肮脏透顶的癞蛤蟆趴在我漂亮干净的船上！"胖女人放开舵柄，两手抓住癞蛤蟆的前腿和后腿，猛地一甩。

风在耳边呼啸，癞蛤蟆只觉得自己飞快地旋转着，被抛向远方。

癞蛤蟆扑通一声落到河里。河水很凉，他把脑袋露出水面，第一眼看到的就是胖女人哈哈大笑的样子。

癞蛤蟆怒火中烧，发誓要报这个仇。他游上岸，撒腿狂奔，追赶那条船。胖女人继续大笑，他上前抓住那匹拉纤的马，跳上马背，无论胖女人如何喊叫都不理会，直奔田野。

在一个工地上，他看见一个吉卜赛人正坐在大篷车旁边吸烟，附近的火堆上挂着一口大铁锅，飘出诱人的香气。癞蛤蟆使劲儿吸了几口，然后打量着吉卜赛人，思量是动拳头还是智取。

吉卜赛人也看着他，随便说了一句："你那匹马卖吗？"

癞蛤蟆知道，吉卜赛人的这个建议可以让他得到两样渴望的东西——钱和一顿饱饭。

癞蛤蟆吃饱喝足，口袋里重新有了钱，神采飞扬地动身上路。一路上，回想起自己冒险、逃亡，却又总能绝处逢生，癞蛤蟆骄傲自大的情绪又开始膨胀，不由自主地开始为自己唱赞歌："世上很多大英雄，历史书上全记下。不过说到名气响，没人及我癞蛤蟆……"

他一边走一边唱，越来越得意。但是他的骄傲劲儿很快就荡然无存了。远处一辆汽车正朝他开过来，而且越来越近，那声音太熟悉、太悦耳了。

癞蛤蟆走到路中间，拦住汽车，想搭车回家。汽车停在他身边，他突然面色苍白，两腿哆嗦不止，瘫坐在地上。他怎么也没想到，这辆车正是他在饭店院子里偷的那辆，车上坐着的也正是那天的那帮人！

两位绅士从车上下来，其中一个说："好可怜的老太太，像是洗衣妇，我们快把她扶起来吧！"他们把癞蛤蟆扶上车。

"太谢谢你们了，"癞蛤蟆有气无力地说，"如果能坐在司机旁边的位子上，我就能呼吸到新鲜空气了。"

"一个多么有头脑的女人啊，"另一位绅士说，"你当然可以坐在前面。"

他们一点儿也没有认出癞蛤蟆。

没过多久，癞蛤蟆再也抵挡不住开车的欲望："开车看起来很好玩，能让我试试吗？"

"当然，试试吧！"其中一位绅士说。

癞蛤蟆开始开得很慢、很谨慎，但后来便越开越快。

两位绅士不得不劝说："小心，洗衣妇！"

这句话很让癞蛤蟆反感。

他不顾劝说，开足马力，昏了头似的大叫道："我就是开走汽车的癞蛤蟆，越狱的癞蛤蟆！"

全车人一齐扑上去，想捉住他。癞蛤蟆猛打方向盘，撞向路边的矮树<u>丛</u>，然后飞身跳车。

癞蛤蟆落在一块柔软的草地上，然后迅速跳起来，撒腿就跑。他穿过田野、爬过树<u>丛</u>、跳过壕沟，在一<u>丛</u>矮树旁坐下来。

　　"又是癞蛤蟆得胜了，又是名列前茅！"他已经陶醉了，大声唱起来："汽车轰轰轰轰，顺着大路猛冲。怎么进了池塘？机灵的癞蛤蟆是首功！"

　　没等他唱完，司机带着乡村警察就向他奔来。他起身便逃，不小心掉进了水里。他顺流而下，惶恐万分。河水带着他经过一个大黑洞，癞蛤蟆一把抓住洞口，此刻已经筋疲力尽了。

　　癞蛤蟆向洞里张望，一个亮点从洞底一闪一闪地向他挪近，渐渐露出一张小小的、棕色的脸。原来是河鼠！

　　河鼠用灵巧的爪子，紧紧抓住癞蛤蟆的后背。癞蛤蟆慢慢恢复了老样子。

　　"噢，河鼠，"他开心地说，"自从上次见到你以后，我经历了很多事。我蹲过牢，自然是逃出来了；我被扔进过运河，但我游上了岸；我偷了一匹马，卖了一大笔钱；我哄骗了所有的人，让他们完全照我想的办！你想知道我最后一个英勇行为是什么吗？让我来告诉你……"

河鼠严肃地打断了他的话。然而癞蛤蟆忍不住，越说越起劲，越吹越厉害。河鼠变得更严肃、更沉默了。

等癞蛤蟆说够，河鼠开口说道："这些都不是什么光彩事，你也吃尽了苦头，这都是汽车惹的祸。自从你第一次看到汽车，除了烦恼它就没给你带来任何好处，可却到现在还这样不理智！"

癞蛤蟆也有优点，那就是从不记恨训斥他的好朋友。

癞蛤蟆长叹一声，真诚地说："你说得对极了，河鼠！我以后要做一只好癞蛤蟆。至于汽车，我已经不感兴趣了。好了，老伙计，我们喝点儿咖啡，聊会儿天，然后我回癞蛤蟆庄园，一切重新开始。"

"回癞蛤蟆庄园？就是说你还不知道那件事？"河鼠激动地大叫起来。

"什么事？我没听说过什么事啊？"癞蛤蟆问道。

"你出事以后，森林里的一大群黄鼠狼、雪貂和鼬鼠霸占了你的庄园！为你看家的鼹鼠和獾再怎么反抗也没用，挨了一顿狠揍，被赶出了门。"河鼠说。

"什么？这些野畜生，我倒要去看看！"癞蛤蟆说完，抓起一根棍子走了。

到了癞蛤蟆庄园，雪貂向他开枪，子弹从头顶飞过，他吓坏了，失败而回。他把遭遇告诉了河鼠，河鼠告诉他，这样是没用的，他们拥有武器。

但癞蛤蟆不死心，再次划船回家，又再次失败而归。鼬鼠们用大石头砸沉了他的船，他泪水涟涟，知道自己不能再这样莽撞了。鼹鼠和獾来到河鼠住处，共商收复癞蛤蟆庄园的大计。獾告诉大家一个秘密，离河岸很近的地方，有一条地下通道，一直通到癞蛤蟆庄园的食品室。他们打听到明天晚上黄鼠狼首领要举行盛大生日宴会，宴会厅恰巧在食品室的旁边。

他们商议后决定，由沉着的老獾先生做总指挥，聪明的鼹鼠做参谋，勤劳的河鼠准备手枪、剑、木棍等武器，至于那只不知轻重的癞蛤蟆，只有听指挥的份儿了。天渐渐黑了，他们进入秘密地道，开始实施计划。他们一路摸索前进，直到头顶上方传来一阵嗡嗡声。癞蛤蟆很紧张。

獾表情镇静地说："是那些黄鼠狼！"

随着地道的上升，喧闹声更响了。他们顺着地道继续走，来到通向食品室的活门底下。在喧闹声的掩护下，他们顶开了活门，现在和宴会厅之间只隔着一扇门了。獾一下把门推开，四个英雄挥舞着木棍冲进宴会厅。

正在狂欢的动物们都吓坏了。黄鼠狼钻到桌子底下，然后快速蹦上窗台；雪貂发狂地冲向壁炉，挤进烟囱；桌子、椅子打翻在地，杯子、盘子噼里啪啦碎了一地……五分钟内，大厅里便一片狼藉，动物们惊慌失措、四处逃窜，地板上还躺着几十个重伤者，场面混乱极了。

他们用无与伦比的勇气、完美的战术和坚硬的木棍最终夺回了癞蛤蟆庄园。獾命令鼹鼠把俘虏带上楼，让他们把卧室打扫干净。晚餐后，他们钻到干净的被窝里去休息。

第二天早餐后，獾宣布晚上要举办一场庆功晚会，命令

癞蛤蟆负责给所有朋友发出邀请信。

癞蛤蟆欢天喜地地接受了任务。但信中提到的全是他的英雄事迹，他怎么摆平了黄鼠狼首领，他经历的种种险情……晚会文娱节目单上，表演者自然也都是他本人。

中午前，癞蛤蟆大摇大摆地把一捆邀请信塞到一只前来讨好的小黄鼠狼手里，让他抄近路一一送出。午饭后，癞蛤蟆大摇大摆向花园走去，河鼠一把拦住他。

"听我说，癞蛤蟆，"河鼠说，"幸亏我们碰上了那只小黄鼠狼，你这些信太丢人了。我现在明白无误地告诉你，宴会上没有演说，也不唱歌。"

癞蛤蟆知道自己的心思又被他们识破了，于是什么也没说，惭愧地低下头走了。

临近晚会时间，癞蛤蟆离开大家，闷闷不乐地回到卧室。一会儿，他的表情又渐渐开朗起来。他把凳子围成个半圆当作听众，自己站在前面深情地唱了一首小曲。然后，他推开房门，安静地下楼去会见客人。

　　当他进去的时候，所有动物都齐声欢呼，称赞他的勇敢。可是癞蛤蟆只是淡淡地一笑，并告诉大家，此次成功是大家的功劳。癞蛤蟆确实变了！

　　从此，四个小动物开始了他们安静的生活。在漫长的夏夜里，他们经常在原始森林中漫步，倾听风吹柳林的美妙声音……

爱丽丝漫游奇境记

　　这是一个天气炎热的夏日，七岁的小姑娘爱丽丝和姐姐在草地上休息。姐姐专心致志地看着书，爱丽丝则无聊地坐在一旁，被太阳晒得昏昏欲睡。忽然间，一只兔子从草地上跑过。这可不是一只普通的兔子，他边跑边嘀咕着要迟到了，还从口袋里掏出怀表看了看时间。穿衣服、揣怀表、会说话的兔子，这多么奇怪！爱丽丝被深深地吸引，跟着它跑开了。

　　爱丽丝跟着兔子穿过广阔的田野，来到一片灌木丛中，只见兔子跳进一个大洞。她很好奇，也跟着跳了下去。

洞很大，四周摆满了书架和橱柜。爱丽丝不知自己滑了多远，但感觉似乎有几千米。

爱丽丝并不害怕，只是有些惦记家里的猫，不知道他会不会想念自己。就在她几乎要睡着的时候，"扑通"跌落在一堆枯草和树枝上。

所幸没有受伤，爱丽丝发现面前是一条长长的通道，那只消失的兔子就在不远处，于是起身沿着通道追了上去。可是刚拐进一个大厅，兔子就不见了。

这是一个昏暗的大厅，四周都是紧锁的大门，爱丽丝被困在这里了。

大厅里有一张三条腿的小桌，上面有一把小小的金钥匙。它实在太小了，根本不可能是大门的钥匙。爱丽丝找了两圈，终于在一个低矮的幔帐后边，发现了一扇小门。爱丽丝用金钥匙顺利地打开小门，发现门外是一个美丽的花园。她想离开大厅去花园，但门实在是太小了，连头都无法通过。这时，她在桌上发现了一个瓶子，上面写着"喝我"两个字。爱丽丝试着喝了一口，觉得味道不错，于是痛快地把一整瓶都喝光了。

奇怪的事发生了，爱丽丝一下子变小了，身高大约只有二十五厘米。爱丽丝一点儿都没有惊慌，反而很高兴，因为终于可以通过那扇小门了。

爱丽丝走到门前，发现把金钥匙忘在了桌子上。这时的桌子对她来说，实在是太高了。她又在桌子下面发现了一个玻璃盒子，盒子里放着一块漂亮的蛋糕，上面用葡萄干拼成了"吃我"两个字。

爱丽丝吃掉蛋糕，没想到身体迅速长高，头顶到了大厅的天花板，这下又不能去花园了。她沮丧地大哭起来，泉涌般的泪水落到地面，汇聚成一个小池塘。

兔子又出现了，但被高大的爱丽丝吓了一跳，扔下一把大扇子和一副羊皮手套就跑了。爱丽丝捡起扇子扇了扇，惊奇地发现，扇子把她变得比之前还小，只有五厘米了，那副羊皮手套戴起来正合适。

　　矮小的爱丽丝一不小心掉进了泪水汇成的池塘里。她拼尽全力游上岸，发现周围的一切都变了，大厅、小桌和小门都消失不见了。

　　逃跑的兔子又出现了，气急败坏地寻找着扇子和羊皮手套。兔子看到爱丽丝，把她当成了一个叫"玛丽安"的仆人，命令她回家再取一把扇子和一副手套。

　　按照指示，爱丽丝找到了兔子的家。这是一栋整洁漂亮

的小房子，屋子中央的桌子上放着一把扇子、三副手套和一个小瓶子，瓶子上还是写着"喝我"两个字。好奇的爱丽丝再次拿起瓶子。

刚喝了一半，爱丽丝居然又长高了，身子塞满了整个房间，一只胳膊伸出了窗外，一只脚伸进了烟囱。她被困在房子里，出不来了。

兔子回到家，发现房子被爱丽丝堵得严严实实，谁都进不去。于是他指挥仆人向房间里扔了许多小石子，这些石子一落地就变成了小点心。爱丽丝捡起点心吃了一块，发现自己又缩小了。她开心地跑出房间，进入一片茂密的树林。

爱丽丝跑到一个巨大的蘑菇旁。这蘑菇和她的身高差不多，一只大毛毛虫坐在上面。奇怪的是，毛毛虫居然抽着烟。尽管毛毛虫的态度十分冷淡，但爱丽丝还是向他讲述了自己的遭遇，向他寻求帮助。毛毛虫告诉她，这个大蘑菇有一种神奇的力量，这半边吃了可以使人变大，那半边吃了可以使人变小。说完，毛毛虫就慢吞吞地爬走了。

爱丽丝在蘑菇的左右两边各掰了一块，先咬了一口右边的，发现身体急速变小，马上又咬了一口左边的，刚吃完，不仅身体长高了，连脖子也迅速变长，很快，头就伸到森林的上方。

一只巨大的鸽子正在附近孵蛋，为了躲避蛇的追捕，特意把窝安在一棵最高的树上。看到爱丽丝长长的脖子，鸽子吓坏了，还以为她是来偷蛋的蛇。

爱丽丝解释了半天，但鸽子坚信她就是一条蛇。爱丽丝气呼呼地蹲下身子，左一口、右一口地吃蘑菇，终于恢复了正常的身高。

爱丽丝来到一栋小房子前，目测了房门的高度，咬了一口右手的蘑菇，把自己变小。一条穿着仆人制服的鱼送来请柬，声称王后邀请房子的主人公爵夫人参加槌球比赛，另外一只穿着仆人制服的青蛙恭敬地接受了请柬。两个仆人非常有礼貌，没想到弯腰鞠躬时假发缠在了一起。

这个场面太有趣了，爱丽丝很想大笑，但为了不引起仆人的注意，跑进了旁边的树林。等她再回来时，发现只有青蛙仆人还站在原地发呆。

爱丽丝鼓起勇气上前敲门，但久久得不到回应，只好推门走了进去。屋子里烟雾弥漫，厨娘正在搅动大锅中的热汤。她应该是放了太多的胡椒，爱丽丝被呛得连打了几个喷嚏。一只笑眯眯的大猫趴在壁炉旁，公爵夫人坐在一个三腿凳上，正在照顾一个小婴儿。她也被呛得喷嚏连连，小婴儿更是一边打着喷嚏，一边大声哭泣。

爱丽丝跟大家打过招呼，对那只会笑的大猫产生了好奇心。公爵夫人凶巴巴地告诉她，那是一只柴郡猫。

公爵夫人歇斯底里，厨娘把锅碗瓢盆扔来扔去，婴儿的哭泣声越来越大。面对一片混乱，爱丽丝有些不知所措了。

公爵夫人把婴儿扔给爱丽丝，去参加王后的槌球比赛。爱丽丝手忙脚乱，抱着婴儿走到了屋外。

突然，婴儿在她怀里发出"咕噜咕噜"的呻吟，爱丽丝觉得有些不对劲，仔细一看，发现婴儿的眼睛居然变得越来越小，还长出了一个猪一样的拱嘴。不错，婴儿变成了一头小猪！

爱丽丝觉得自己抱着一头猪的样子实在是太滑稽了，于是把猪放在草地上，看着他跑进树林。

笑眯眯的柴郡猫也跑了出来。爱丽丝向他打听离开这里的道路，没想到柴郡猫反问她想去哪里。其实爱丽丝根本不在乎去哪里，只希望赶快离开。

"既然你不在乎去哪里，那么走哪条路也就无所谓了。"柴郡猫说。

爱丽丝想了想，又问他附近都住了些什么人。他告诉爱丽丝，这附近住的都是疯子，包括他自己。这里有一只三月兔和一位帽子先生，这两位也是疯子，区别只在于，三月兔只在三月发疯，而帽子先生一年四季都是疯的。

爱丽丝说她很喜欢打槌球，但王后的槌球比赛并没有邀请她。柴郡猫告诉她，他们肯定会在槌球场上相见的。说完，他就消失了。

爱丽丝对这只突然消失的猫已经见怪不怪，继续前行，没多久就看到了三月兔的家。这是一所大房子，房顶上长满了毛，烟囱的形状和兔子耳朵一样。爱丽丝瞄了瞄，吃了一块能长大的蘑菇，然后向房子走去。

房子大厅里摆着一张长桌，三月兔和帽子先生正在喝茶，一只睡鼠趴在他们中间。三月兔和帽子先生把睡鼠当作靠垫，将胳膊支在他身上。睡鼠已经睡着了，对此丝毫没有意见。

爱丽丝坐在桌子一端的大扶手椅上，三月兔招呼她喝酒，但事实上，桌子上除了茶什么都没有。

茶会的气氛并不轻松，帽子先生上来就说爱丽丝该剪头发了。爱丽丝很不喜欢他指手画脚，于是两个人吵了起来。

一番争吵过后，爱丽丝忍无可忍，决定离开。她觉得这个茶会是毫无意义、浪费时间的行为。虽说想离开，但她还是希望能被挽留。可是三月兔和帽子先生并没有这个意思，正忙着要把睡鼠塞到茶壶里去。

爱丽丝愤愤地离开三月兔的家，在树林里继续游荡。突然，她在一棵树上找到了一扇小门。从这扇门进去，她又回到了最初的那个大厅，那张小桌就在她的面前。

机不可失，爱丽丝拿起桌子上的钥匙，吃了一块缩小身体的蘑菇，打开小门，走进了漂亮的小花园。

花园的入口长着一棵高大的玫瑰树，树上开满了娇艳芬芳的白花，三个园丁围着玫瑰树，正忙着用红油漆涂抹花朵。园丁们长得很奇怪，身体都是长方形的平板，手和脚长在平板的四角上。

爱丽丝好奇地问他们为什么要把原本就很美丽的白玫瑰涂成红色。园丁告诉她，这是他们的失误，这里种的应该是红玫瑰，如果王后发现种错了，就会砍他们的头。

话音刚落，王后就驾到了。园丁们跪在地上，浑身发抖。爱丽丝不知道自己是否也要像园丁们一样跪下迎接，但为了好好看看王后的队伍，她站着没动。

王后的仪仗队很威风，前面是十名手持草花狼牙棒的侍卫。他们的长相和园丁们一样，都是平板身材。侍卫后面跟着十个身上镶满方形钻石的大臣，接着是饰有红心图案的王室成员。他们两人一排，有序前行。

仪仗队后面跟着众多宾客，爱丽丝在宾客里发现了那只兔子。兔子正说着什么，面带微笑，并没有注意到爱丽丝。

这时，一名红心J武士出现了。他捧着一个紫红色的天鹅绒垫子，垫子上放着王冠。接着，红心国王和王后迈着优雅的步子走来。

队伍一路前行，来到爱丽丝面前。王后对她不行礼跪拜的行为表示非常不满，而爱丽丝表示，他们不过是一副纸牌，没什么好怕的。王后气急败坏，喊来侍卫准备砍掉爱丽丝的头。红心国王虽然怯懦，却也及时制止了王后，劝她再考虑考虑。

王后强压怒火，扭过头去，正好看见了那几个园丁，同时也发现了那棵种错了的玫瑰树，于是下令砍掉园丁们的头。她留下三个士兵行刑，然后扬长而去。

爱丽丝于心不忍，把园丁藏进一个大花盆里。行刑的士兵找了一圈没找到园丁，只好悄悄追上队伍，对王后撒谎说园丁已经被处决了。

救下园丁，爱丽丝跟上王后的队伍。王后问爱丽丝会不会打槌球，在得到肯定回答后，命令爱丽丝加入自己的队伍。爱丽丝对接下来将要发生的事情十分好奇，欣然接受。

看到爱丽丝，兔子小心翼翼地上前和她打招呼。从兔子的口中，爱丽丝得知公爵夫人因为打了王后一记耳光，已经被判了死刑，现在被关在牢里。

槌球比赛开始了。这是一场极其怪异的赛事，场地上到处坑坑洼洼的，槌球是活着的刺猬，球杆是火烈鸟，球门则是侍卫们弯曲身体临时搭成的。

操纵火烈鸟球杆很不容易，爱丽丝费了很大的力气才挥击自如，而地上的坑坑洼洼让击球变得非常困难，同时，做球门的侍卫还走来走去，更增加了比赛的难度。

赛场上的人一直在不停地吵架，甚至为了争球大打出手。王后在场边暴跳如雷，不时叫喊着要砍掉某些人的脑袋。王后太可怕了，爱丽丝想赶紧逃离此地。突然天空中出现了一张奇怪的笑脸，原来是柴郡猫。爱丽丝高兴极了，和柴郡猫聊了起来。

这时，国王走过来。他很不喜欢柴郡猫的模样，希望王后能把他赶走。王后解决问题的方法一向简单粗暴，她下令砍掉柴郡猫的头。

行刑的士兵为难了，因为柴郡猫只露出了一张笑脸，根本没有显露身体，不知道如何砍头。国王认为只要有头就可以砍，而王后就更加蛮横了，只要有人不执行命令，就要处死所有的人。因为这个问题，国王、王后和行刑的士兵激烈争论着。

最后，大家一致要求爱丽丝做裁判，让她评判三个人谁最有理。爱丽丝非常为难，考虑了一下，说既然柴郡猫是公爵夫人的，那就应该问问她的意见。

行刑的士兵去牢房传唤公爵夫人，刚一离开，柴郡猫的笑脸就开始慢慢消失了。等士兵带着公爵夫人赶来时，柴郡猫已经完全消失了。国王和王后气得发疯，命令士兵四处寻找，而其他人则回到场上开始打球。

看见爱丽丝，公爵夫人非常高兴，亲热地挽起她的胳膊。爱丽丝并不习惯这样的亲热，但出于礼貌，还是尽量忍受着。

王后警告公爵夫人，如果不立刻离开，就要砍下她的脑袋。公爵夫人是个聪明人，马上就走了。王后继续观看比赛，仍旧暴躁不安，不停地喊着要砍掉一些人的头。那些侍卫疯狂地抓捕被王后判处死刑的人，半个小时后，除了国王、王后和爱丽丝之外，场上所有的球员都被作为死刑犯关押了起来。

对球赛大失所望的王后决定带爱丽丝去见识一下假海龟。王后刚一转身，爱丽丝就听到国王小声吩咐侍卫，将所有人都赦免了。这让爱丽丝非常高兴。

王后和爱丽丝在路上遇见一只长着狮子的身体，老鹰的头部、翅膀和爪子的狮身鹰面兽。王后命令他带爱丽丝去看假海龟。爱丽丝觉得，这个怪物虽然看起来有些可怕，但总比喜怒无常的王后要好多了。

王后嚷着要回去查看死刑执行的情况，而狮身鹰面兽告诉爱丽丝，这不过是王后虚张声势，事实上，她从没处死过

任何人。

狮身鹰面兽带着爱丽丝找到假海龟，此刻他正坐在一块小小的岩石上，面露哀伤。爱丽丝非常同情他，于是好奇地询问他的伤心事。但狮身鹰面兽不以为然，说这不过是假海龟故作姿态，其实根本没有伤心事。

尽管如此，狮身鹰面兽还是带着爱丽丝在假海龟的对面坐下，听他讲述伤心的往事。

假海龟说，他从前是一只真正的海龟，在海里生活了很久，还曾经上过海校，学了许多知识。海底世界非常有趣，龙虾会伴着各种海洋生物跳舞，还有会唱歌的鳕鱼，鱼类出行时，都有海豚伴随。提起往事，假海龟更伤心了。

狮身鹰面兽又提出，想听听爱丽丝的经历。爱丽丝只好从掉进兔子洞讲起。她的故事不停地被假海龟和狮身鹰面兽打断，让她哭笑不得。她越说越惶恐，为自己的未来担心，不知道还能不能回到人类世界中去。

突然，远处传来一声大喊，说审判开始了。听到这个，狮身鹰面兽拉起爱丽丝就跑。

爱丽丝气喘吁吁，不停地打听要审判谁。但狮身鹰面兽没有回答，只是不停地催促爱丽丝跑快些、再快些。

两个人赶到法庭，只见红心国王和王后高高地坐在宝座上，四周聚满了鸟兽。

法庭正中的桌子上，摆着一大盘水果馅饼。爱丽丝觉得这些馅饼一定很好吃，希望审判早些结束，然后大家就可以分吃点心了。

被审判的是红心J，罪名是偷了王后的馅饼。陪审员是十二只鸟兽，他们在石板上写出了自己的名字——笨蛋。

审判开始了。

第一位证人竟然是帽子先生。他进来时，一手端着茶杯，一手拿着黄油面包。他向国王道歉，说之所以带着吃喝进来，是因为还没有喝完茶。

国王问他什么时候开始喝的。帽子先生看了一眼三月兔和睡鼠，三个给出的时间分别是三月十四日、十五日和十六日。

国王吩咐鸟兽陪审团把这些记录在案。陪审员们乖乖地记下日期，然后把它们加在一起，再把得数折算成钱数。爱丽丝不明白这究竟是什么意思。

国王命令帽子先生摘下帽子，但帽子先生拒绝了。他刚说帽子不是他的，国王便断定他的帽子是偷来的。帽子先生急忙解释，说他是制作帽子的匠人，他的帽子是拿来卖的。

王后戴上眼镜仔细观察帽子先生的表情。帽子先生立刻显得惶恐不安，脸色苍白。国王要他拿出证据，而且不许紧张，否则就把他就地正法。

帽子先生更害怕了，呆立原地，手足无措。

就在这时，爱丽丝有了一种奇怪的感觉——身体又开始长高了。

爱丽丝本想离开法庭，但又想知道接下来将要发生的事情，犹豫了一会儿，最后还是好奇心占了上风，决定留下来。爱丽丝变高后，坐在她旁边的睡鼠被挤得很不舒服，几乎喘不过气来。睡鼠说爱丽丝没权利在这里长高，但爱丽丝对此也毫无办法。睡鼠只好闷闷不乐地走到法庭的另一边呼呼大睡。

在这段时间，王后的眼睛一直没离开过帽子先生。突然，她吩咐一位官员，把上次音乐会歌唱家的名单拿来。听了这话，帽子先生吓得哆嗦起来。

国王坚持要帽子先生拿出证据。帽子先生辩称自己是一个可怜的人，说三月兔可以作证，但三月兔予以否认。帽子先生和三月兔争吵起来，他本想向睡鼠求助，但睡鼠睡得正香，什么也问不出来。

这时，一只豚鼠欢呼起来，但一位官员马上制止了他。官员拿出一个帆布袋，把豚鼠头朝下装了进去，然后系上口，坐在了上面。

爱丽丝很高兴，因为她曾看过报道，说有人想在法庭上鼓掌，但被制止了。之前她并不明白其中的含义，现在终于亲眼看到了。

国王觉得帽子先生知道的东西很有限，告诉他可以退庭了。这时，另一只豚鼠也想站起来欢呼，同样被官员及时制止，装进了袋子。爱丽丝觉得这种处理方法实在是有些粗暴。帽子先生怯生生地看了一眼王后，发现她还在看歌唱家名单，并没有注意自己，于是跑出了法庭。

王后突然反应过来，原来帽子先生是音乐会上逃跑的家伙，于是吩咐侍卫立即抓住他。但等侍卫追出去，帽子先生早跑得不见踪影了。

国王传唤下一位证人——公爵夫人的厨娘。

这位厨娘连上法庭都没忘记带着胡椒瓶，以至于她人还没到，门口的人就开始打起了喷嚏。

厨娘告诉国王，她没什么证词可以提供。但白兔提醒国王，应该仔细审问这个证人。

国王只好询问厨娘水果馅饼是用什么做的。厨娘的回答是她最喜欢用的胡椒。这时，睡梦中的睡鼠插了一句话，说馅饼是蜜糖做的。

王后被惹怒了，大喊大叫，命令侍卫把睡鼠赶出法庭，拔他的胡子、砍他的脑袋。法庭上一片混乱，睡鼠被轰了出去。等一切安静下来，大家发现厨娘已经不见了。

厨娘的消失使国王松了一口气。这场审判实在是太让他头疼了。

白兔笨手笨脚地翻看证人名单，然后传唤下一位证人爱丽丝。

听到白兔的传唤，原本只想看看热闹的爱丽丝吃惊极了，慌乱地站起来。但她忘记了，在过去的时间里，她的个子已经长高了许多。由于站得太急，她的裙边竟掀翻了陪审席，把陪审员掀到了观众席上。

这些鸟兽陪审员在观众的头上爬来爬去，场面一片混乱。国王庄严地宣布，除非所有陪审员各就各位，否则审判将无法进行。

爱丽丝环顾四周，发现忙乱中竟把一只壁虎头朝下放在了座位上。不过她认为，不管壁虎的身体是正是倒，他在审判中发挥的作用是差不多的。

审判员们终于各就各位，将刚才的经过原原本本记录了下来。

审判重新开始。国王询问爱丽丝对于这个案子都知道些什么，爱丽丝据实回答——什么都不知道。

国王对爱丽丝很不满，下令说，按照法律规定，身高在一千六百米以上者都不能出现在法庭上，所以爱丽丝应该被驱逐出去。

爱丽丝不服，认为自己肯定没那么高，而且国王所谓的法规明显是现场杜撰出来的。

爱丽丝与国王争论起来。国王气得脸色发白，命令陪审团提出审判意见。但陪审团一头雾水，什么都说不出来。

这时白兔站出来，说有人捡到了一张纸，上面写了一首诗。他觉得这很可能是罪犯写给什么人的，虽然那不是红心J的笔迹，但一定是红心J模仿他人的笔迹。

红心J辩解说纸上并没有他的署名，但国王认为，不署名正说明他狡猾，诚实的人都会签上自己的名字。

国王话音刚落，法庭上立刻响起一片热烈的掌声——国王终于像个真正的法官，说了一句像样的聪明话。

爱丽丝表示反对，认为以目前的证据还不足以证明红心J的罪行。

王后叫嚷着要先宣判有罪，然后再由陪审员给出审判意见。这明显是不合理的。

爱丽丝这时又长高了许多，已经不怕这里的任何人了。她直接指出王后是在胡言乱语。听了爱丽丝的指责，王后气得脸色发青，以前可从来没人敢这样顶撞她。

王后歇斯底里地大叫，吩咐侍卫将爱丽丝的头砍掉。

"谁会理你呢，你们不过是一副纸牌罢了。"爱丽丝泰然自若，底气十足。

话音刚落，一副纸牌就飞上半空，然后整整齐齐地向爱丽丝飞来。爱丽丝既害怕又气愤，尖叫一声，拼命挥打这些纸牌。

这时，爱丽丝发现自己枕在姐姐的腿上，姐姐正从她的脸上拿开一片飘落的树叶。这些奇妙的经历，难道是一场梦境吗？

姐姐告诉爱丽丝，她已经睡了很久。爱丽丝越发感到迷惑，把记得的一切告诉了姐姐。姐姐听完，亲了亲她的脸，说这就是一场梦，现在天色已晚，应该回家了。

爱丽丝起身跑开，一边跑一边想，这真是个奇妙无比的梦啊！

姐姐仍坐在原地，将头靠在手臂上，静静地看着即将落下的夕阳，想象着爱丽丝的梦境，竟然迷迷糊糊地睡着了。

梦的最初，姐姐看到了小爱丽丝。爱丽丝双手抱膝坐在她身旁，明亮的双眸热切地注视着她。她还听到了爱丽丝的声音，听她讲述梦中各种稀奇古怪的动物。随着爱丽丝的话音，姐姐身旁的场景也随之发生了变化：兔子匆匆跑过，脚下发出沙沙的响声；帽子先生、三月兔和睡鼠还在继续那没完没了的茶会，茶杯发出叮叮当当的碰撞声；王后尖叫着要处死罪犯；小猪宝宝在公爵夫人的怀里使劲地打着喷嚏；厨娘又把杯盘碗碟摔碎了；豚鼠在官员身下，哽咽不止；狮身鹰面兽发出疯狂的叫声；远处似乎传来假海龟伤心的哭泣……

姐姐一直闭目坐在原地，几乎相信了幻境中的真实。其实她心里明白，这一切不过是个梦罢了。

青草的沙沙作响只因风的吹动；山羊脖子上的铃铛叮叮

当当，仿佛是杯盘碰撞；牧童的大声吆喝，仿佛是王后的尖叫；农忙季节田野上的喧嚣也演变成猪宝宝的喷嚏、豚鼠的哽咽和狮身鹰面兽的尖叫。

姐姐想，可爱的妹妹爱丽丝终有长大成人的一天，届时她仍会保持着那颗纯洁善良的童心，将这些美妙动听的故事继续讲下去。

凤凰与魔毯

从前有一对儿夫妻，他们有五个孩子——安西娅、简、西里尔、罗伯特和婴儿兰姆。

一天，孩子们买了很多烟花，打算在即将来临的圣诞节晚上燃放，但又担心烟花太便宜，升上天空不漂亮，被别人嘲笑。经过商量，孩子们决定先试放一次。

此时，外面正在下雨，不得已，孩子们决定在屋里燃放。他们的这个决定，差点儿烧掉房子。烟花不但没点燃，还烧着了地毯。幸好妈妈及时赶到，扑灭了火苗。

第二天，妈妈买来一块新地毯。孩子们帮忙铺地毯，一个鸡蛋大小的不明物体从地毯里掉出来。它又黄又亮，发出一种奇异的光，十分漂亮。

孩子们把它放在壁炉台上，忽然，它滚到炉火里，裂成两半，从里面飞出一只会说话的凤凰。

原来，它是一只涅槃的凤凰，是孩子们让它获得重生。

为了表示感谢，凤凰告诉孩子们一个秘密——那块包裹它的地毯，是两千年前一位王子送给它的礼物。那是一块魔毯，可以飞往任何地方，只要坐在上面许个愿，就能实现。不过，魔毯每天只能实现三个愿望。

"我们可不可以坐在魔毯上许个愿？"孩子们高兴极了。

"当然可以。"凤凰回答说。

这真是一件令人兴奋的事儿，孩子们都期待着开始一段冒险之旅。

第二天，孩子们早早起床，和凤凰一起坐在魔毯上，热烈地讨论着要去哪儿。最后，孩子们决定让魔毯带他们去国外。话音刚落，孩子们就觉得天旋地转。魔毯快速地飞行着，带着他们飞过河流、山川。

不知飞了多久，孩子们都饿了。

此时，魔毯正飞到一座高塔上。原以为能在塔顶降落，可这座塔根本没有顶，他们掉到了塔底。

塔底一片漆黑，孩子们非常害怕，希望赶紧回家，可魔毯好像听不懂他们的话了。

凤凰一时也想不出什么好办法，只好先为孩子们找了点儿东西吃。

休息片刻，孩子们小心翼翼地搬开石头，一道拱门映入他们眼帘。穿过拱门，他们来到一个过道，里面有很多金币，孩子们从没见过这么多金币，非常兴奋！可是火把在这时熄灭了，黑暗让他们感到恐惧。

突然，一阵天旋地转，他们以为遇到了地震，可是睁眼一看，居然回到了家里。

一切照旧，魔毯铺在地上，凤凰站在壁炉台上，仿佛他们从未出去过一样。

几天后，孩子们决定和凤凰一起再次旅行。

由于兰姆得了百日咳，所以安西娅提议带他去没有百日咳的南方海滨疗养，这样就不用受疾病折磨了。

孩子们抱着兰姆刚坐上魔毯，保姆就急忙跑过来，站在魔毯上，不允许他们抱着兰姆玩儿。安西娅害怕保姆阻止这次旅行，就让魔毯立即出发。

伴随着一阵眩晕，魔毯带着他们飞上天空。

很快，他们来到了一处海滨，金色的海滩、漂亮的贝壳、棕榈树和各种热带水果立刻出现在他们面前。

孩子们兴奋极了，准备去森林里探险。

此时的保姆还以为是在做梦，坐在魔毯上不肯起来。孩子们干脆让她看管魔毯。

在凤凰的带领下，孩子们来到树林中的一块空地上，这里有很多土著人的茅屋。

罗伯特很害怕，因为这里有很多吃人的土著人，最好的办法就是赶快回到海滩上去。正当他们犹豫不决时，一个身材高大的男人从茅屋里走出来。他手握长矛，一直盯着孩子们。

男人说了一句孩子们听不懂的话，很多土著人便纷纷从茅屋里走出来。

见此情景，孩子们赶紧往回跑，土著人紧追不舍。

西里尔急中生智，记起曾听人说过，土著人惧怕水。

"赶快往海边跑,土著人怕水!"西里尔一边跑一边喊。

突然,土著人停了下来,朝远处指指点点。孩子们也好奇地望去,原来是保姆站在海水里,便急忙跑过去。

"我刚才坐在毯子上,只是随便说想到水里凉快一下,居然一下子就进到了水里,真是太神奇了!"一见到孩子们,保姆便兴奋地说道。

这时,土著人跑过来,跪在保姆面前,好像在等待保姆下达命令,完全忽视了孩子们的存在。

凤凰告诉他们,土著人的部落有一个古老的预言——将来有一天,海上会出现一位头戴白色王冠的女王,她会为部落带来好运,并且长久地统治部落。孩子们转头看了看保姆,发现她戴着一顶白色的厨师帽。

原来,土著人是把保姆当成了预言中的女王。

"土著人希望保姆出任部落的女王。"凤凰告诉孩子们。

几个孩子面面相觑,怎么能把保姆一个人留在这儿呢?

"土著人希望你做部落的女王,你愿意留下来吗?如果不愿意，只要你不把今天的事儿说出去，我们就带你回家。"西里尔悄声对保姆说。

保姆做梦都想当女王，认为只有白痴才会选择离开。

土著人捧起一个花环，恭敬地戴在保姆的脖子上，然后簇拥着她走进森林。

海滨之旅就这样结束了，孩子们在晚饭前回到了家。

保姆的失踪让妈妈非常担心，她甚至打算去警察局报案。可是，除了孩子们，没人知道她去了哪里。

看见妈妈焦急的样子，安西娅很不安，便悄悄溜下楼，请求魔毯带她回到那个海滨。她一定要问清楚，保姆是不是真的愿意留在那里。

一见到安西娅，保姆就滔滔不绝地讲述自己过得有多么快乐，并且明确说要留下来。安西娅只好独自回家。

第二天，安西娅打算告诉妈妈保姆失踪的真相，可是却发现妈妈心不在焉。

原来，妈妈要带兰姆出差，去为义卖会办货，爸爸也要出趟远门。

就这样，家里只剩下四个孩子和几个仆人。得知妈妈想为义卖会办点儿印度货，孩子们决定让魔毯带他们去趟印度。伴随着一阵天旋地转，孩子们来到了印度。

这里的街道很狭窄，街上的行人都穿着奇特的服装，孩子们一脸茫然。这时，一个男人走过来。

"这里的女王想见你们。"男人彬彬有礼。

孩子们来到王宫面见女王。

"我很喜欢这块魔毯，把它卖给我吧！"女王笑着。

"凤凰和魔毯都是我们的朋友，我们是不会卖掉朋友的。"西里尔态度坚决。

女王很喜欢西里尔重情重义的性格，送给了他很多礼物。告别了女王，孩子们再次坐上魔毯。

"我想去学校的义卖场。"西里尔大声说道。

魔毯立刻将孩子们带到义卖场。

他们刚一进去就碰见了比德尔太太。这是个十分令人讨厌的女人，甚至想侵吞孩子们带来的印度货。

孩子们把印度货送给了毕尔斯玛希小姐，还帮助她卖货。他们在义卖场忙乎了一下午，到了晚上，才发现毕尔斯玛希小姐竟然把魔毯也给卖了，而买主居然是比德尔太太。

这该怎么办呢？

孩子们商量决定，由西里尔去和比德尔太太谈判，用仅有的十二先令买回魔毯。

比德尔太太被西里尔的真诚打动，将魔毯还给了他。从此以后，比德尔太太变得很和善。

实现了妈妈给义卖场办印度货的愿望，还顺利地找回了魔毯，孩子们都很高兴。

一天，孩子们打算再次坐魔毯去旅行，但凤凰觉得应该让魔毯休息一下。凤凰希望孩子们带它去城里，看看属于它的神殿。

可是，凤凰的神殿在哪儿呢？

"我的神殿就是城里的一座房子，它的门前有一尊我的石头雕像。"凤凰描述着。

孩子们带凤凰来到城里。罗伯特把凤凰藏在夹克衫里，凤凰露出一双警惕的眼睛。

没多久，他们就来到一幢大房子前，门两侧立着凤凰的石头雕像。

凤凰坚持要进去看看，孩子们只好跟着走进去，一位穿着讲究的绅士接待了他们。

凤凰要求这里的人对它表示敬意。绅士显然并不理解凤凰的话，马上找来这里的管理者。

对凤凰的话，管理者开始很惊讶，但马上就深信不疑了。令孩子们吃惊的是，人们很快相信了凤凰的话，准备为它举行欢迎仪式。

凤凰站在壁炉台上，下面响起欢呼声，等待凤凰发表演讲，并虔诚地为它朗诵赞美诗。

凤凰非常开心，飞到罗伯特的肩膀，带着四个孩子离开。所有人都鞠躬送行，直到凤凰和孩子们消失。

凤凰离开后，房子里的人又回到自己的位置，开始手里的工作，都认为刚才一定是打了一个盹儿，做了一个关于凤凰的梦。

从神殿回来，孩子们还想让魔毯带他们出去，便说出了自己的愿望。魔毯立刻带他们出发。

或许是魔毯误解了孩子们的意思，竟把他们带到了一座黑漆漆的城堡。这里又湿又冷，只有数不清的金币，仿佛是一处隐秘的藏宝地。

原来，魔毯希望孩子们能找到宝藏的主人，让宝藏物归原主。

于是，孩子们搬开石头，找到出口，踏上了寻找宝藏主人的旅途。

他们走出城堡，发现远处有一幢白色的房子。西里尔刚走到门前，一个瘦高的女人就打开了门。她的眼圈儿红红的，好像刚哭过。

女人显得十分热情，让孩子们进屋坐一会儿。

"山上城堡的主人是谁?"安西娅问道。

听了安西娅的话,女人变得很悲伤。

"那座城堡几百年来都属于我的家族,可是因为贫困,明天就要把它卖给一个陌生人了,想起来我就伤心。"女人难过地说。

原来,这个女人就是宝藏的主人。那些数不清的金币一

定能帮她渡过难关，让她重新快乐起来。

"城堡里有很多金币，我们可以帮你把金币拿回来。"罗伯特告诉她。

女人简直无法相信自己的耳朵，决定亲自去看一看。

看到数不清的金币，女人激动得流下眼泪。

孩子们也非常欣慰，高兴得说不出话来，这是他们自认为做过的最有意义的一件事儿。

孩子们回到家，发现仆人们都不知去向，只好从储藏室的小窗户爬进去。

凤凰告诉孩子们，仆人们今晚不会回来了。这是个绝好的消息，于是他们点燃炉火，做了一顿丰盛的晚餐。

晚餐后，凤凰说魔毯可以从家乡带来很多礼物。孩子们便立刻写下愿望，将纸条钉在魔毯上。

出乎大家的意料，魔毯没有带回大家想要的军旗或小木马，而是带来了九十九只波斯猫。

波斯猫在屋里喵喵乱叫，为了让它们安静下来，魔毯又出去为它们寻找食物。

正当波斯猫准备将凤凰当作晚餐时，魔毯带着很多老鼠回来了，把孩子们吓得跑到屋外。西里尔请魔毯把这些老鼠带走，再带回来一些牛奶。

魔毯再一次让孩子们震惊——它带回来一头奶牛！

孩子们根本不会挤奶，就在厨房里疲惫地睡着了。

恍惚间，简发现有人在翻箱倒柜地找东西。

"一定是小偷！"简想。

简虽然很害怕，但转念一想，或许小偷能帮她解决波斯猫的麻烦。

简请求小偷帮忙挤奶。看到简十分可爱，小偷便答应了她的请求。

孩子们商量决定，请小偷把波斯猫全部拿走，并发誓不会去报警。小偷非常感谢孩子们，把波斯猫带走了。

第二天一早，孩子们把魔毯的一角系住奶牛，让它把奶牛送走，可魔毯因此被撕破了。

孩子们去集市买羊毛，想把魔毯补好，正巧看见小偷被警察抓走了。警察根本不相信小偷的话，认为是他偷了波斯猫，要把他关进牢房。

孩子们十分着急，觉得是自己害了小偷。可是警察不可能相信他们的故事，更不会放了小偷。这该怎么办呢？

"我们去找保姆女王帮忙！"罗伯特突发奇想。

于是，孩子们请魔毯带他们来到小偷的牢房，在征得小偷的同意后，带他来到南方海滨。保姆女王觉得小偷相貌英俊，便和他结了婚，过上了美满的生活。

魔毯被撕破的洞越来越大，在一次飞行时，简和罗伯特掉了下去。

凤凰为此非常着急，立刻想办法营救他们。

掉落到陌生地方的罗伯特和简，被房主发现了。房主认为他们偷了牧师盒子里的钱，便抓住了他们。

幸好牧师回来了，证明了他们的清白，可是房主仍不愿意放他们走。

两个孩子几乎绝望了，却忽然发现回到了家里。

当然，这一切都要感谢凤凰，是它又一次搭救了两个孩子。远行的爸爸、妈妈终于回来了。看到魔毯坏得很厉害，妈妈决定再换一条新的。孩子们都舍不得魔毯，打算用羊毛偷偷将它补好，恢复成原来的样子。

凤凰突然变得有些忧郁，沉默寡言。

"你怎么啦，不高兴吗?"安西娅关心地问。

"我老了，应该生个蛋，然后在火中睡觉。"凤凰忧郁地说道。

孩子们不愿看到凤凰无精打采的样子，便邀请它一起去看剧。但后来剧院里发生的事儿，却让孩子们追悔莫及。

凤凰看见剧院漂亮的装饰，变得异常兴奋，认为剧院才是它的神殿，而戏剧中的歌曲是向它致敬的赞美诗，电灯则是为它点燃的蜡烛。凤凰陶醉其中，不顾孩子们的劝说。

舞台上的照明灯亮了起来，凤凰再也抑制不住兴奋的情绪，展开金色的翅膀，在剧院里飞了一圈儿。它飞过的地方，立刻火花一片。

还好凤凰及时控制住了火势，没有人员受伤。在危急关头，凤凰让孩子们坐魔毯飞回了家。

几天后，妈妈买回一块新地毯，换掉了魔毯。凤凰发现魔毯不见了，便追问它的下落。

"明天就会有人把魔毯带走。"孩子们说。

"是和你们分别的时候了。我会生下一个蛋，趁魔毯还没有被人带走，请它把蛋带到一个两千年后才能孵化的地方。请你们不要悲伤，天下没有不散的筵席。"凤凰平静地对孩子们说道。

和凤凰告别的时刻就要到了，孩子们买来了柴火和香料，作为它火葬的材料。

凤凰生下一个漂亮的蛋，恋恋不舍地看着它，直到魔毯将它带走，永远地消失在眼前。

凤凰飞了七圈，然后钻进炉火中。凤凰周身闪耀着火光，慢慢地倒下去，变成一堆白灰。

看着最好的朋友消失了，孩子们泪流满面，难过极了。

那天晚上，孩子们收到了一个大箱子，里面全是他们一直想要的东西。箱子的最下面放着一根金色的羽毛，罗伯特将它按在胸前。

礼物是凤凰留给孩子们的。孩子们非常感激它，一辈子都不会忘记他们的好朋友——凤凰。